당신에게 말을 건다

속초 동아서점 이야기

당신에게 말을 건다

속초 동아서점 이야기

김영건 글 정희우 그림

우리 앞으로도

아들아. 너와 함께 한 이 년여의 시간이 내 삶에 중요한 것을
깨닫게 해주리라고는 미처 생각지도 못했단다.

　재작년 2월경 서점 리뉴얼은 했지만, 책 분류나 정리가
한창이던 어느 날, 그날도 다른 날과 마찬가지로 늦은 밤
한두 시경에 잠시 커피를 마시며 앉아 있었다. 주위는 전부
어둠에 묻혀 있고 오직 우리 서점 안만 환하게 밝았는데,
그 순간 절해의 고도에 떨어져 책의 바닷속으로 가라앉는
듯한 느낌을 받았단다. 이상하게도 고단한 심신에도
불구하고 편안함과 안도감이 들더구나. 그러곤 가끔 그와
비슷한 일들이 계속되었단다.

　그러던 중 유시민 작가 강연회 때 그분이 독자들과

대화하고 호흡하며 이야기를 풀어내는 걸 보고 이런 생각이
들었단다.

저분이야말로 서점 한가운데에서 책과 한 몸으로 동화되어
있구나.

바로 저런 분이 서점에 있어야 하는구나.

아들아. 지난달 어느 매체와의 인터뷰 중에 기자가 내게
이런 말을 하더구나.

대표님 얼굴을 딱 보는 순간 책이 떠오르네요.

그때는 그냥 듣기 좋으라고 하는 소리로 치부했는데,
나중에 다른 생각이 들었단다. 원해서 시작한 일도 아니고,
어찌어찌하다가 사십 년 동안 서점 일을 했지만, 항상 남의
옷을 빌려 입은 것처럼 뭔가 부자연스럽게 생각되어 왔었다.
사명감 같은 게 있어서 한 게 아니라 그저 시간이 흐르다 보니
어느새 이렇게 오래 하게 되었구나 생각했던 나였다.

그런데 그 기자의 말을 듣고 나서 생각했다.

정말 내 얼굴을 보고 책이 연상된다면, 이 직업이 내게 꼭
맞는 옷은 아니더라도 이제는 활동하기에 불편하지 않고
내게도 그런대로 잘 어울리는 것이 아닐까?

지나간 세월에 어찌 회한이 없으랴마는, 고희古稀를
바라보는 이 나이에 이르러서야 너와 함께한 시간이 내게
이토록 중요한 것을 깨닫게 해주었다는 걸 알게 되었다. 네게

그 고마움을 표시하고 싶구나.

아들아. 너는 젖먹이 때부터 네 형들과 달리 분유도
다른 사람이 먹이면 잘 먹지도 않고 꼭 내가 먹여야 먹었다.
잠도 꼭 내 팔베개를 해야 잠들곤 했지. 또 초등학교
때까지도 다른 식구가 네 잘못을 나무라면 그러려니 가만히
있던 너였지만, 유독 내가 나무랄 때만 어찌나 대성통곡을
하던지, 당시 나는 그 까닭을 몰라 의아해하곤 했단다.

이 아이가 나를 특별하게 생각하는 무엇이 있나 하고
생각해봐도 떠오르는 것이라곤 딱히 없었지만, 어찌 됐건
그래서 그런지 나도 너를 각별히 귀여워했단다.

초등학교 입학 전에 네 놀이 공간은 주로 서점 안이었는데
다른 일을 하거나 손님을 맞다 보면 너 혼자 책을 보다가
어느새 서가 여기저기에서 책 정리를 하고 있는 모습이
보이곤 했단다. 나중에 그 자리에 가보면 책들이 나름
일목요연하게 잘 정리정돈되어 있어 적잖이 놀란 적도
있었단다. 요즈음 네가 책을 분류하고 정리하고 진열하는
모습을 볼 때마다, 어린 시절부터 지속되어온 너의 관심과
능력이 이제 발휘되는 것이 아닌가 생각도 한단다.
아주 작은 부분까지 세심하게 신경 쓰고 배려하는 모습에서
손님들이 신선함을 느끼고 공감하는 게 아닌가 싶다.

아들아. 그동안 여러 가지 부족했거나 제대로 하지 못했던

것들을 조금 늦은 이제부터라도 잘해보고 싶고, 무엇보다도 네게 도움이 되고 싶구나. 나는 사랑하는 내 아내와 예쁘고 사랑스러운 손주들, 또 곧 태어날 네 아이와 함께 살아갈 날을 기다리며 지방의 작은 서점에서 백 년 서점을 꿈꾸며 살아갈 것이다. 내 기력이 다할 때까지 네 옆에서 자리를 지킬 수 있게 해준다면 더 바랄 것이 없겠구나.

　아들아. 네가 곁에 있다는 것이 나를 이렇게 즐겁고 기운차게 한단다. 우리 앞으로도 잘 견디자꾸나.

아버지 김일수

할아버지 김종록의 서점
1960년대 중반, 속초 동아서점은 각종 문구품, 우표, 수입인지 등도
취급했다. 또한 《주부생활》 대리점을 겸했다. 당시 전화번호는 301이다.

할아버지 김종록의 서점
1960년대 후반, 속초 동아서점에서는 배구공과 농구공 등도 팔았다.

속초 동아서점 사람들
1974년, 즐거운 한때.

아버지 김일수의 서점
1986년, 서점 건물이 증축됐다.

차례

서점이 뭐라고

'조만간'이라는 녀석은 참!

서점 해볼 생각 있느냐?

2014년 8월의 어느 날 아침, 침대에서 막 일어난 내게 전화 한 통이 걸려왔다. 아버지였다. 안부 전화라고 하기엔 터무니없이 이른 시간이었다. '서점'이라는 말이 들렸다. 언뜻 서점에 대해 뭐라고 말씀하시는 듯했다.

서점? 그래, 서점. 서점 말이군.

잠이 덜 깨 몽롱했는지, 늘 받던 부모님 전화에서의 습관 때문이었는지, 일단 알겠다고 했다. 그러니까 2014년 8월의 어느 날 아침, 나는 침대에 걸터앉아 잠이 적잖이 덜 깬 상태에서, 서점을 하겠다고 대답해버린 거였다.

자초지종은 미처 물을 생각도 하지 못한 채, 전화를 끊고 멍하니 방 안을 둘러봤다. 제일 먼저 눈에 띈 건 희고 거대한 장롱이었다. 헹거를 쓰라는 어머니의 조언을 나 몰라라 하고 끝내 사들인 조립식 장롱이었다. 여닫는 부분의 나사가 헐거워져서 늘 문이 몇 센티쯤 열려 있었다. 작은 좌식 식탁 위에 각종 가재도구, 가슴 높이쯤 되는 냉장고, 의자에 걸린 옷들, 아마도 필터를 교체할 때가 된 듯한 낡은 진공청소기….

이 모든 걸 다 훑고 나서야 비로소 방 한편에 놓인 책장이 눈에 들어왔다. 가로 육십 센티, 세로 백이십 센티 정도 되는 책장은 본래 세워서 쓰도록 만들어졌지만, 공간이 휑해보이는 까닭에 옆으로 길게 뉘어서 썼다. 그리 크다고 할 수 없는 저 책장 안에는 그나마 책이 빼곡히 꽂혀 있었다. 대학에서 교재로 사용한 책이나 동아리에서 선후배들과 함께 읽은 책, 곳곳의 중고서점에서 사들인 책들이 대부분이었다.

《당신의 징후를 즐겨라》《꼬마 니콜라》《신영복의 강의》 《우리는 철새처럼 만났다》….

별다른 이유도 없이 세로로 인쇄된 제목을 하나씩 읽고 있다 보니, 그제야 정신이 들었다.

맹세코 아버지는 지금껏 내게 단 한 번도 서점 일을 권유한 적이 없었다. 나로서도 서점 일을 맡게 되리라는 생각조차

한 적 없었고, 그런 기적조차 보인 적 없었던 것은 그곳에서
이렇다 할 전망을 볼 수 없었기 때문이었다. 아버지는
삼십 년 넘도록 속초에서 작은 동네서점을 운영했다. 나는
그의 자식이었으므로 서점의 흥망성쇠를 온몸으로
체험 '당했다'. 사람들이 서점에 줄 서서 책을 구매하던 풍경,
하루가 꼬박 다 가도록 쉴 새 없이 장부에 뭔지 모를
숫자를 적던 아버지의 모습도 희미하게 기억나는 한편,
사람의 손길이 닿은 지 오래돼서 분류도 상태도 엉망인 책장,
힘없이 목을 늘어뜨린 채 졸고 있던 아버지의 모습도
내 기억 속에 또렷했다. 희비가 엇갈리는 두 기억 중 더
선명한 건, 물론 현재에 가까운 쪽이었다.

　하지만 그런 나보다도 서점의 미래를 불투명하게 느꼈던
건 늘 피곤함에 절은 눈을 하고 서점에 앉아 있던 당신
자신이었으리라. 십 년 전부터 서점엔 전혀 손님이 보이질
않았지만, 당신은 기어코 서점을 닫지 않았다. 좀처럼 쉬지도
않았다.

　얼마간 환영을 보고 있는 사람처럼.

　거기에 있으면서도 거기 있지 않은 사람처럼.

　그는 늘 같은 자리에 앉아 있을 뿐이었다. 틈만 나면 나는
아버지에게 자조 섞인 말투로 말했다.

　이제 서점 그만하세요.

그때마다 그는 짐짓 쓴웃음 지으며 대답했다.

그래, 조만간 접어야지.

'조만간'이라는 녀석은 참 끈질기기도 했다. 아슬아슬하게 시간을 유예해 2014년이 왔고, 마침내 아버지는 내게 이렇게 물었다.

그래서, 서점 해볼 생각 있는 게냐?

나는 졸음에서 완전히 깨어나, 다시 아버지에게 전화를 걸었다.

어쩌다 보니 책이다
도망친 곳에 천국은 없다

속초에서 서점을 하겠다고 얘기했을 때 내게 긍정적인
반응을 보인 사람은 단 한 명도 없었다. 미래가 유망한
스타트업도 아니고 기발한 아이템 개발도 아닌
'서점'과 '속초'의 조합이라니!

농사지으러 귀농하는 이들은 적잖이 늘어나는 추세고,
굳이 실속을 따지는 게 아니더라도 게스트하우스나 카페 등
지방 소도시에서 먹고 살 수 있는 보편적인 자영업의
선택지들도 있다. 그뿐일까. 무심코 잡지를 들춰보면,
가업으로 전해 내려오는 도예 기술이라든가 대대로 전수되는
맛집의 숨겨진 비법이라든가….

문제는 나 역시 그들과 별반 다르지 않았다는 점이다.

괜찮겠어? 요새 서점 꽤 어렵잖아.

이 같은 친절한 염려의 반응에 반박하기는커녕 나는 대체로 그런 회의들에 고개를 끄덕이는 편이었다.

네, 그렇죠. 어려워요.

그러게요. 뾰족한 수가 있는 것도 아니죠.

그렇게 실실 웃으며 대답하고 나면 상대의 심려는 곧장 당혹스러움으로 변하기 일쑤였다. 내겐 '요새 꽤 어려운 서점의 상황'을 돌파할만한 이렇다 할 묘안이 없었다.

그렇다면 왜 나는 속초에 돌아가서 서점을 하기로 한 것일까?

물론 여기저기서 이유를 빌려 올 수는 있겠다. 서점이라는 업종이 이젠 흔한 것도 아닌데, 꽤 오랜 시간 끈질기게 버텨온 아버지의 서점이 한순간에 사라져 버리는 것에 대한 아쉬움도 한몫했을 테고, 책을 좋아해서 책과 관련된 일에 무턱대고 친밀감이 들기도 했다. 갑갑한 서울 생활에 지쳐 있었고, 집밥이 그립기도 했고….

하지만 누군가 내게 그런 것 말고 '진짜 이유'가 뭐냐고 묻는다면, 나는 '어쩌다 보니 서점을 하기로 했다'고 말할 수밖에 없다. 당시 하던 일의 계약 기간도 끝나가고, 더 일할 수도 있었겠지만, 굳이 그렇게 하고 싶은지 확신도 서지 않는 상황이었다. 이곳저곳 다시 입사 원서를 쓰자니 대책 없이 막막한데, 서울에서의 먼 미래를 그려보니 아찔하고 아득하기만 하던 처지에, 아버지로부터 서점 제안을 받고 그야말로 '어쩌다 보니' 승낙해 버린 것이었다.

언젠가 도무지 회사에 다닐 수 없을 것 같아 아는 선배에게 대학원 진학에 대해 조언을 구하자, 그는 《베르세르크》라는 만화에 나온다는 다음과 같은 말로 대답을 대신했다.

도망친 곳에 천국은 없다.

맞닥뜨리기 싫거나 두려운 무언가를 피해 대학원에 가봤자, 그곳엔 나를 위해 기다리는 건 아무것도 없다는 얘기였다. 내가 손수 색칠해야 할 이 년이라는 텅 빈 시간 밖에는. 그렇다. 나는 도망치려고 했던 걸지도 모르겠다. 내 안의 막막함으로부터, 막막함 속의 나로부터.

더욱이 심각한 문제는 도망칠 곳이 천국일 것이라는 기대 없이 그랬다는 점이다. 다시 강조하지만 나는 서점의 상황이 어떤지 업계 종사자만큼은 아니더라도 비교적 냉정하게 인식하고 있었다. 그런데도 어쩌다 보니 속초에 가서 서점을 하기로 했다.

뭐, 좋다. '천국에 대한 기대'는 온데간데없으니, 대신 그 빈자리를 다른 무엇으로 채워야 할 것이다.

다른 무엇이라고 하면?

일단은 책, 물론 책일 것이다.

아버지의 서점

거기엔 여전히 아무도 없었다

2000년대 들어 아버지의 서점에서 눈에 띄게 줄어든 손님의
숫자는 곧장 아버지의 졸음 횟수로 바뀌었다.

먼저 아버지의 서점 구조를 살펴볼 필요가 있겠다. 서점
문을 열고 들어서면 바로 오른편에 가슴 높이의 계산대가
있었다. 몇 발자국 더 걸으면 계산대와 컴퓨터 한 대가 놓인
의문의 작은 책상이 나왔다. 책상과 마주 보는 자리엔
더 큰 의문이 드는 오래된 텔레비전이 놓여 있었는데
그 동선을 따라 '시' '소설' '에세이' 등이 있는 지하 단행본
매장으로 내려갈 수 있었다. 텔레비전을 등진 바로 저 책상에
아버지가 앉아 있었다.

손님이 없을 때면 아버지는 의자에 몸을 맡긴 채 권태를

피해 하염없이 졸음 속으로 도망치곤 했다. 아버지가 졸고
있을 때 서점을 방문한 손님이 어떤 기분이었을지 정확히
알 수는 없다.

　다만, 대부분 그리 유쾌한 기분은 아니었으리라 짐작한다.
손님은 계산하기 위해 주인을 깨워야 해서 여간 못마땅했을
수도 있고, 찾는 책을 물어보지 못해 찾다 찾다 그만
포기하고 가버렸을 수도 있다. 상상할 수 있는 가장 좋은
경우는 읽고 싶은 책을 마음껏 읽다 조용히 나가는 것이다.
어느 쪽이든, 아버지는 졸고 있었으므로, 당신께는 아무 일도
일어나지 않은 거나 다름없었다.

　한 번은 여느 때처럼 오후의 망중한을 즐기고 있던 사이,
한 손님이 들어와 지하 매장으로 내려갔다. 삼십 분이나
한 시간이 지났을까? 별안간 아버지의 전화벨이 울려 당신의
잠을 깨웠다. 전화를 받고 아버지는 서점을 초저녁에 닫기로
했다. 저녁 약속이 잡혔기 때문이었다. 늘 그렇듯 매장의
불을 모두 끄고 서점 문을 잠갔다. 그 전날, 그 전날의 전날과
그다지 다를 것도 없었다. 몇 년 후, 그날을 다시
기억해보려고 아무리 애써도 기억나지 않을 날이었다.
문을 잠그고 약속 장소에 도착할 때까지도 그 사실은
변함없었다.

　아버지는 까마득히 모르고 있었지만, 그러는 동안에도

가엾은 손님은 지하 매장에서 어리둥절해하고 있었다.
난데없이 모든 전기가 차단되고 인기척조차 느껴지지
않았다. 그는 1층으로 올라갔고, 그에게 닥친 상황을
이해하려고 애썼을 것이다. 어처구니없는 일이었지만
받아들여야 했다. 서점 문이 닫혔다는 것을.

　그는 불 꺼진 서점 문 앞에 서서(밖이 아닌 안에 서서)
하염없이 바깥을 바라봤다. 문을 가볍게 두드리며 누군가의
도움을 요청해보기도 했다. 다행히 그리 오래 지나지 않아
길을 걷던 한 사람이 컴컴한 서점에 갇힌 그를 발견했다.

　결국, 행인의 연락을 받은 아버지는 화들짝 놀라 숟가락을
내려놓고 서점으로 돌아갔다. 둘은 그때 처음 만났다.
아버지는 갇혀 있던 손님에게 연거푸 사과했고, 손님은
어리둥절한 채로 터벅터벅 자기 길을 갔다. 당시엔 갇힌
사람으로서도 아버지로서도 당혹스럽기 짝이 없는
일이었겠으나, 그 사건은 우리 가족 사이에서 우스꽝스러운
일화가 되어버렸다. 얘기를 전해들은 나는 손님이 너무 없는
나머지 어쩌다 반가운 손님을 가두기까지 했느냐며
'소름 돋는' 농담을 던지기도 했다.

　그 일이 아버지의 졸음을 멈추진 못했다. 내가 관찰한
바로는, 이후에도 아버지는 자주 졸았다. 대신에 사소한
변화는 있었다. 아버지는 불을 끄기 전에 매장 구석구석 다시

한 번 살피기도 했고, 이따금 왠지 모를 인기척에 지하로
다급히 내려가보곤 했다. 한바탕 졸고 난 뒤엔 세상이 조금
달라져 있다면 좋으련만….

거기엔 여전히 아무도 없었다.

책과 나
그럼 책은 원 없이 읽었겠네요

어릴 때부터 어른이 돼서까지 수도 없이 들은 말이 있다.

집이 서점이에요? 와, 그럼 책은 원 없이 읽었겠어요.

이런 질문의 밑바탕에는 '서점 사람=다독가'라는
퍽 자명해보이는 등식이 전제되어 있다. 실제로 어떤지
모르겠다. 서점을 운영하는 몇몇 사람들을 만나본 결과,
그런 사람도 있고 아닌 사람도 있는 듯했지만, 성급히 단정할
순 없다. 다만, 서점 사람의 자식으로 살아온 나의 경우엔,
서울에 있는 대학교에 진학하여 불과 몇 년간 읽은 책이
서점을 곁에 두고 살아온 이십 년간 읽은 책보다 많다.
그 숫자도 숫자지만 고유한 경험이 축적되고 나름의 관점이
생기면서 읽은 책들이 더 강렬하게 뇌리에 남기 때문이리라.

초등학교, 중학교 시절엔 매주 화요일에 출간되는
만화 주간지 《아이큐 점프》와 《소년 챔프》를 기다리며
한 주를 보냈다. 만화책만 읽은 건 물론 아니었겠으나,
만화책이 아닌 책도 읽긴 했다는 몇 가지 정황만 남아 있을
뿐 구체적인 기억이 도통 나질 않는다. 온갖 학습 참고서
더미에 둘러싸인 고등학생 때는 책이라곤 마주치는 족족
미간이 찌푸려졌지만, 때로는 비문학 지문을 통해 접한
몇몇 글들이 고된 수험생 나날에 위로가 되기도 하였다.
그 시절 강준만 선생님과 조한혜정 선생님의 글을 좋아했다.
그래서 그분들의 책을 몇 권 찾아 읽거나 글을
스크랩해두기도 했다.

질문에 더 명확히 대답할 기회가 드디어 내게도 왔다.
이제 나도 서점 사람이 된 것이다. 솔직히 인정한다.
책방 운영을 결정하면서, 손님 없는 틈엔 가만히 앉아서
책 읽는 느긋한 오후를 상상한 적도 없진 않다. 다양한
분야의 책을 두루 섭렵하여 '교양인'이 되고 말리라는 당돌한
소망 또한 마음속에 고이 품었다.

"책을 좋아하면 서점을 하지 말고 그냥 독자로
남을 것"이라는 누군가의 충고가 적어도 내겐 뼛속 깊이
와 닿는다. 느긋하게 앉아서 책 읽을 시간은커녕, 책 표지만
훑고 지나가기에도 시간이 턱없이 모자란다. 가장 큰 요인은

서점 일이라는 게 하나부터 열까지 사람의 손이 가는
일인만큼 가만히 앉아서 넋 놓을 시간이 없다는 것이다. 책을
진열하고, 진열했던 책을 교체하고, 교체한 책을 반품하고,
흐트러진 책을 다시 정비하고, 그러다 보면 또 어느새 새로
도착한 책을 진열해야 한다. 읽고 싶은 책은 나날이 쌓여만
가는데, 대부분 제대로 얼굴 한 번 보지 못한 채 이별을
고할 수밖에 없다.

'서점 사람'이 된 이후, 책 하나는 원 없이 읽겠다던
저 질문은 이제 모양새만 조금 달리했을 뿐 도리어
얄궂어지기까지 했다. 그들은 이렇게 묻는다.

서점 운영하시면서 책은 어느 정도 읽는 편이신가요?

나는 되도록 정직하게 대답하려 한다.

읽고 싶은 책은 한 달에 한 권, 많으면 두 권 읽지만,
일 때문에 어쩔 수 없이 읽는 책이 일주일에 한 권 정도
됩니다.

잠시 침묵이 흐르는데 왠지 내 대답 때문인 것만 같다. 괜히
식은땀이 맺힌다. 직접 읽은 책만 비치하고 판매한다는
서점도 있는데, 시원찮은 내 대답에 질문자의 실망한 기색이
역력하다.

서점에 와서 책을 많이 사는 사람들은 왠지 멋지고 어딘가
기품이 흐른다. 책을 많이 읽는 사람들은 어딘가 믿음이 가고

왠지 부럽다.

　나는 어떠냐고?

　어찌 됐건 책과는 떨어지려야 떨어질 수 없는
운명인가보다.

양가감정
책도 된장찌개처럼

나중에 알게 되었지만, 우리 서점의 리뉴얼 시점은
도서정가제가 시행되는 시점과 묘하게 포개진다. 개정된
도서정가제의 시행이 2014년 11월부터였으니, 정확히 말해서
리뉴얼을 '계획'한 시점과 얼추 맞아떨어진다고 할 수
있겠다. 그 때문에 강원도 속초에서 기진맥진하던 자그마한
동네서점이 그 규모를 도리어 더 키웠다는 게, 아무래도
도서정가제 영향이라고 보는 의견이 있을 법도 하다.
　놀랍게도 그리고 참으로 게으르게도 나는 개정된 제도를
모른 채 속초행 버스에 올라탔다. 지금 돌이켜보면, 제일
중요할지도 모를 문제를 점검해보지도 않고 대체 무슨
심산으로 서점을 잇기로 한 건지 모르겠다.

후에 얘길 전해 듣기론, 아버지는 개정된 도서정가제를
고려했던 것으로 보인다. 그렇다고 도서정가제로 말미암아
서점을 확장할 계획까지 세운 건 아니었다고 한다.
과연 도서정가제가 업계 제반 환경에 이로울 수 있겠다
싶으면서도, 오랜 기간 눅눅해진 어깨를 기댈 만큼
아주 든든하게 여겨진 건 아니었던 모양이다.

도서정가제는 그 이름과는 적잖이 다르게 도서 할인율을
정가의 십오 퍼센트까지 제한하는 제도다. 그중 십 퍼센트는
직접 할인할 수 있고, 오 퍼센트는 간접적으로(일반적으로
적립금을 일컫는다) 할인할 수 있다. 하지만 절대다수의
오프라인 서점은 기본적으로 매장을 운영해야 하는 까닭에
책을 할인하여 판매할 수 없다. 더욱이 대다수 동네서점에
공급되는 책의 매입률을 고려한다면, 할인은커녕 오 퍼센트
적립조차도 만만치 않다. 그래서 일반적으로 십 퍼센트 할인,
오 퍼센트 적립이라는 '아름다운 비율'은 대체로 온라인
서점에서만 적용된다.

운 좋게 서점 집 아들로 태어난 나는 스무 살이 되기까지
돈을 내고 책을 사본 적이 단 한 번도 없었다. 물론 고향을
떠난 스무 살 이후엔 어쩔 수 없이 늘 돈을 내고 책을 샀는데,
그때 역시 할인에 대해 진지하게 생각해본 적은 없었다.
그건 내가 금전적으로 여유가 있었거나 마음씨가

고왔기 때문이라기보다는, 원체 책을 사본 경험이 전혀 없는 탓에 할인의 가능성 자체를 염두에 두지 못했기 때문이었다(이 역시도 참으로 게으름을 인정한다). 책을 돈 내고 산다는 게 차라리 아깝다고 생각된 적은 간혹 있었지만, 할인을 받지 못해 아까웠던 적은 없었다.

그런 까닭인지, 서점에서 일을 시작한 이후 할인이라는 것이 이토록 중요한 문제였는지 새삼 놀라고 또 놀라는 나날이었다. 누군가에겐 어색하게 웃어 보이며 책을 정가로 판매할 수밖에 없음을 장황하게 설명해야 했고, 누군가에겐 왜 인터넷 서점과 가격이 다른지에 대해 때아닌 논쟁을 벌여야 했으며, 당혹스럽게도 누군가에겐 왜 책을 할인해주지 않느냐며 혼나야 할 때도 있었다.

이 같은 '십 퍼센트 할인'으로부터 기인한 수난의 연속은 무슨 심리 증후군처럼 나를 괴롭혔다. 누군가 책을 계산하며 할인을 언급하지 않으면, '그 얘길 들을 때가 됐는데' 하며 도리어 내가 안절부절못하는 증상을 겪고야 말았다. 그럴 때마다 '도서정가제'라는 이름 다섯 글자를 떠올리지 않을 수 없었는데, 버젓이 '정가제'라고 이름 붙여 놓고 날마다 할인과 씨름하고 하는 형편이, 정가제를 정가제라고 부르지 못하는 신세가 한탄스럽기도 했다.

도서정가제가 말 그대로 '정가제'가 될 수 있을까?

언젠가는 책도 된장찌개처럼 정해진 가격 그대로 판매할 수 있는 날이 올까?

개정된 도서정가제의 시행과 맞물려 서점을 확장하게 된 우리 서점과, 난생처음으로 서점에서 일하게 된 나로서는, 도서정가제를 생각하면 할수록 빚지고 있는 듯하면서도 왠지 얄미운, 양가적인 감정을 품게 된다.

삼 분의 이

속초에 뭐가 있는데요?

나는 속초에서 태어나 내리 이십 년을 한곳에서 살았다.
대학에 입학하며 서울로 거처를 옮겨 홀로 살다가 십 년을
미처 채우지 못하고 약 구 년 만에 속초로 돌아오게 되었다.
살아온 나날이 그리 유구하지 않아 그것을 두고 헤아리는 게
스스럽지만, 그래도 내 삶의 삼 분의 이를 속초에서 보냈으니
이곳을 나의 고향이라고 불러도 좋을 것 같다.

　고향 운운하기 이전에 '속초'라는 곳이 내 또래와 그 세대
둘레의 사람들에게 어떻게 인식되는지 조금은 안다. 그것을
최초로 인식한 건 서울에 있는 대학에 입학했을 때였다.
주위를 아무리 둘러봐도 속초에서 왔다는 선배나 동기를
찾아볼 수 없었고, 사람들이 '속초 출신'이라는 얘기에 마치

처음 보는 동물 보듯 신기해하기까지 했다.

속초에서 왔다고? 얘 속초에서 왔다는데?

그럼 강원도 사투리 좀 해봐.

속초 출신에 대한 이 같은 반응은 그 반응의 깊이만큼이나
금세 사람들의 머릿속에서 희미해져 버렸다. 그것은 처음
몇 번의 만남까지는 회자될지언정 그 이후에도 줄곧
얘기되거나 영향을 미칠 만큼 중요한 무엇은 아니었다.

그래서였을까. 누군가 고향을 사랑한다거나, 고향을
자랑스럽게 여긴다는 식의 얘기를 하면 좀처럼 공감하기
어려웠다. 나에게 고향은 '그곳으로부터 내가 온 곳Where I am
from' '나의 부모님께서 계신 곳'이라는 인식 그 이상도 이하도
아니었다. 누군가 내게 북한말처럼 들리기도 한다는
강원도 사투리로 말해보라고 할 때 나는 '속초'가 그다지
달갑지 않았다. 반면 서울 거리에 즐비한 각양각색의 식당들
사이에서 유난히 이렇다 할 결정을 내리지 못했던 추운
날이면 나는 '속초'의 따뜻한 음식이 그리워지기도 했다.

약 구 년 만에 속초에 돌아갈 결정을 내렸을 때 역시
마찬가지의 이유로, '속초'라는 사실이 부담이나 설렘으로
작용하진 않았다. (내 이야기가 지역에서 제2의 삶을 시작하고
있고, 시작해보려는 많은 용기 있는 분들께 누가 되지 않으리라
믿는다.) 다만 나는 속초로 돌아갈 결심을 했을 때, 그곳엔

백화점이 없고 독립영화관이 없으며 동남아 음식점이 없다는
사실을 무엇보다도 먼저 상기했다. 전원생활의 고즈넉함이나
치유의 환상 따위는 안중에 없었다. 그러곤 이내 우울해졌다.
서울 생활 속 내 욕구의 바탕을 지탱하고 있던 여러 인프라가
거처를 옮김으로써 일순간에 사라져버린다고 생각하니
앞으로의 일들이 그저 아득하게 느껴질 따름이었다.
낙관적인 방향으로 생각하려 했다.

속초엔 바다가 있지.

원할 때면 언제나 산책할 수 있지.

그리운 감자전과 도루묵과 사랑하는 나의 가족이 있지.

거리의 소음도 없지.

버스 안에서 사람들 사이에 부대낄 일도 없지.

그렇게 나는 속초에 왔다.

인구가 팔만 정도인데도 인구 밀도가 매우 조밀한 이 작고
이상한 곳.

바닷가를 따라 마을이 긴 모양으로 늘어서 있어 언제
어디서고 조금만 방향을 틀면 바다를 만날 수 있는 곳.

어느 맑은 날, 시내를 따라 걷다 보면 저 멀리 울산바위가
어떤 거룩한 속삭임처럼 드러나는 곳.

바다와 이어지는 곳에 바다였던 옛 시간의 흔적이 무려
두 곳이나 호수로 남아 있는 곳.

걸어서 어디든 다다를 수 있고, 그곳으로부터 다시 걸어서 집으로 돌아올 수 있는 곳.

근래에 스타벅스와 맥도날드가 생긴 곳.

사람들의 말투는 다소 거칠지만 대체로 친절한 곳.

그곳에서 나는 아버지의 서점을 다시 열었다.

속초에 대체 뭐가 있는데요?

속초에서 유명한 건 무어냐고 묻는 말을 마주할 때마다 퍽 곤란해지는 게 사실이다. 특산물을 말하는 거라면 오징어일 테지만, 관광객들 손엔 죄다 'OO닭강정' 상자가 하나씩 쥐어져 있다. 에라 모르겠다.

닭강정입니다.

대답하면 상대의 눈이 급작스레 휘둥그레지고야 만다. 바닷마을에 웬 닭강정이람. 하지만 사실이 그렇다. 나는 닭강정 가게들로부터 후원을 받는 것도 아닌데도 그것이 유명한 자초지종을 공연히 그들에게 설명한다.

그래요? 뭐 다른 건 없어요?

글쎄요.

나는 겸연쩍게 웃어버리고 만다.

잘 모르겠네요. 그 외에는.

그렇게 대답하고 난 뒤에는 우리 사이에 까닭 모를 침묵의 시간이 흐를 뿐이다.

나의 서점 탐방기
기능과 아름다움은 왜 공존할 수 없을까?

하루는 서점을 견학해야겠다며 가방을 챙겨 서점 탐방에
나섰다. 서점이라는 공간에 이렇다 할 관심이 없었고, 훗날
서점을 운영하리라곤 생각지도 못했던 까닭에, 제일 먼저
생각난 건 '교보문고'였다. 대학 시절 자주 이용하던 서점은
교내 서점이나 학교 근처에 있는 서점이었지만 이왕 서점을
준비하려면 국내 최대 규모, 국내 최고의 대형서점을 제일
먼저 방문해야 한다는 다소 허황된 생각을 품었다.
이력이라면 이력인 것이, 교보문고는 내게 대체로 약속
장소였다. 간혹 화장실만 사용하고 나온 적도 있었다(후에
직접 서점을 운영하며 화장실만 이용했던 과거를 얼마나 반성했는지
모른다. 교보문고의 직원들에게 심심한 사과의 말씀을 전한다).

그렇게 서점 탐방 장소를 정했다.

광화문 교보문고의 분야별 코너를 돌아보기 시작했다. 서가의 재질과 모양을 유심히 관찰했고, 폭과 넓이를 어림짐작으로 재봤다. 노트에 대강 스케치도 해두었다. 책이 분류된 방식, 진열된 방식도 점검했다. 내친김에 근처에 있는 다른 두 개의 대형서점에도 들렀다. 마찬가지로 서가의 짜임새를 가장 우선시 살펴보는 것부터 시작하여 같은 작업을 반복했다. 어떤 식으로 동선이 짜여 있는지도 눈여겨보았다.

기대했던 대로였다. 한국을 대표하는 대형 프랜차이즈 서점 세 곳은 놀라우리만큼 그 짜임새가 뛰어났다. 책 크기에 맞게 언제든 진열대의 높이를 조정할 수 있도록 옆쪽에 촘촘히 구멍이 뚫려 있었고, 어떤 매대들은 이동할 수 있도록 밑에 바퀴가 달려 있었다. 멀리서도 찾는 분야를 알아볼 수 있게 안내판이 부착되어 있었고, 도서 검색대에서 책을 검색한 후에 손쉽게 원하는 책을 찾을 수 있도록 서가 위치가 꼼꼼히 분류되어 있었다. 기능적으로 완벽에 가까운 이 서점들의 서가 사이를 누비며, 이 모든 세부 사항을 나 혼자 어떻게 다 준비하느냐며 혀를 내두르기도 했다. 그러나 그 와중에 뭔가 한 가지 영 개운치 않은 기분을 느꼈다.

집으로 돌아와 방에 누워 천장을 바라보며 주의 깊게
살펴본 서점의 모습을 다시 떠올려도 보고, 되는대로 그려둔
서가들을 훑어보며 이 석연치 않은 기분이 뭘까
고민해보았다.

아무리 생각해봐도 명확한 이유가 떠오르지 않아
답답해하던 와중에, 불현듯 그 대답이 떠오르고야 말았다.
구글에 'bookstore'라고 검색하고는 무심코 수천 장의
사진들을 살펴보던 중이었다.

나의 저 모호했던 답답함의 원인은 다름 아닌
아름다움이었다. 알고 보니 별것 아니었다. 좋은 기능을
갖추고 튼튼해보이는 서가들 사이에서 느꼈던 뭔지 모를
부족함은 바로 그것들이 그다지 아름답지 않다는 것,
그것들이 만들어내는 조화와 전체적인 모양새가 별로 예쁘지
않다는 것이었다.

하지만 어쩌겠는가. 구글에서 'bookstore'라고만 검색해도
제일 먼저 보이는 각국의 서점 이미지들은 하나같이
아름답고 예뻐서 차라리 서러울 뿐이었다.

물론 당시 한국에도 예쁜 서점은 많이 존재했다. 하지만
나의 방향성과 맞닿는 서점, 그러니까 '종합서점'이라는
정체성으로 시각적인 아름다움을 구현하고 있는 서점은 눈을
씻고 찾아보기 어려웠다. 미의 기준은 저마다 다른 것이라고

반박한다면 할 말은 딱히 없지만, 서점이라는 공간이 그렇고 그렇게 용인될 만큼 여유로운 상황은 아니잖은가. 서점의 외관부터 진열된 책의 모양새에 이르기까지, 서점은 지금껏 '사고 싶게 만드는 상품의 진열'이라는 사실을 줄곧 외면해온 것만 같았다.

기능과 아름다움은 왜 공존할 수 없을까?

정말 그럴 수밖에 없는 걸까?

나는 이 질문부터 다시 시작하기로 했다.

쓸쓸한 사실이지만 나는 그때부터 주로 노트북 앞에 앉아 외국의 사례 위주로 자료를 수집하기 시작했다. 인터넷을 통해 검색되는 외국의 수없이 많은 서점 사진들을 저장했고, 서점을 주제로 다룬 외국 잡지들도 어떻게든 사들여서 좋은 사례들을 스크랩해두었다. 《브루투스BRUTUS》에서 '일본의 서점'을 이슈로 다룬 적이 있었는데, 여기서 많은 도움을 받았다. 그렇게 수집한 사진들을 통해 서가의 질감, 모양, 크기를 유추했다. 다시 말해 나는 간접 경험을 통해 앞으로의 서점의 모습을 그려나가기 시작했다.

그날 이후 나의 '서점 탐방'은 당분간 집 안에서 이루어졌다.

그때의 나는 지금의 나와는 완전히 달랐다

더 조심스러웠는가 하면, 또 한편으론 대담하기도 했다

나는 서점 세 곳밖에 모르기도 했지만,

세 곳이면 충분하다고 생각하기도 했다

반품의 맛
이토록 많은 책이 왔다가 간다는 것

있던 책을 다 가지고 갔다면 어땠을까?

이사하고 이 년이 다 되어가지만, 이따금 소용없는 질문을 가만히 던져볼 때가 있다.

그때 가지고 있던 책을 다 이리로 옮겨왔다면?

필요한 책들만 새로 주문했다면 어땠을까?

조금 더 세심하게, 조금만 더 찬찬히 살펴보면 놓쳐선 안 되는 책들도 있었을 텐데 하는 후회도 여전히 있다.

일종의 트라우마 혹은 깊은 고통으로 새겨진 기억은 난데없이 꿈에서 불쑥 나타나곤 한다. 우리 세대의 많은 이에게 수능시험이 그랬고, 우리 이전 세대에는 학력고사가 그러했다고 한다. 그래서 우리는 그 시절을 그리워하는 것도

아닌데 이상하게도 그때로 돌아가는 꿈을 꾼다. 대부분의
한국 남자에겐 입대와 훈련소 시절이 그러할 것이고,
어떤 한국 여자에겐 그러한 고통이 퍽 일상적이라 늘 악몽에
시달리기도 하며, 같은 집단에 속해 있는 사람들에겐
함께 겪은 고통스러운 사건이 집단적인 악몽의 재료가
되기도 한다.

　나의 경우엔 2014년 12월 이후로 나의 악몽 레퍼토리에
한 가지 소재를 추가하게 됐는데, 그게 바로 반품이다.

　우리는 이사를 앞두고, 보유하고 있던 책을 몽땅
반품하기로 했다. 당시 나는 서점 업무에 관해 거의 아는
바가 없었으니 이는 아버지의 결정이라고 해도 무방하다.
서점을 새롭게 단장하기에 앞서 기존의 스타일로부터 단절을
꾀하기 위해 서가를 텅 비워내기로 한 것이다. 서점의 일꾼은
아버지와 나 그리고 참고서 영업 담당 과장님.

　그러니까 우리 셋은 1층과 지하에 빽빽이 꽂힌 약 만 권의
책들을 반품하기로 한 것이다.

　서점에 친숙한 분들이라면 이름은 모르더라도 모양만 보면
누구든지 알 법한 바로 그 기계, 밴딩기(일종의 포장 기계).
우리의 일상 속에 너무나도 깊숙이 스며들어 쉬이 눈치채지
못하는 그 노랗고 납작한 끈. 끈이라고 부르기에 무색할
정도로 딱딱한 그 밴드는 바로 밴딩기로부터 나온다. 당시엔

몰랐지만 지금 내가 아는 사실은, 서점은 밴딩기 없이 운영될
수 없다는 것이다. 특히 반품의 경우, 밴딩기 없는 반품은
오븐 없이 빵을 굽는 것과 다름없다. 우리는 밴딩기를 서점
1층 한가운데에 놓고 쉴 새 없이 기계를 돌렸다.

　우선 거래처별로 책을 분류했다. 직거래하는 출판사
숫자가 매년 줄고 줄어 약 열 군데 정도 남아 있었다. 그 외의
책들은 도매상(총판)으로부터 왔다. 그렇다면 열 몇 군데
정도로만 분류될 테니 분류 작업은 간단하리라 생각했지만
그렇지 않았다. 책이 이곳저곳, 그야말로 사방에 꽂혀 있기
때문이었다. 도매상으로부터 받은 책은 해당 도매상의
도장이 책 위 혹은 아래에 찍혀 있는 게 보통이다. 이 때문에
그것 또한 골라내야 했다. 우리는 서로 순번을 정하여
온 서가를 돌아다니며 눈에 불을 켜고 책들을 뽑았다.
세 명이 번갈아 가며 책을 걸러냈지만, 전혀 얼토당토않은
구석에서 찾던 출판사의 책이 나오기도 했고, 이미 여러 번
봤던 서가에서 찾던 출판사의 책이 또 나오기도 했다.

　그렇게 번갈아가며 책을 빼내고 분류하는 동안, 나머지
한 명은 계산대에서 이미 분류된 책들을 반품 처리해야 했다.
바코드로 책을 한 권씩 찍는 일이었다. 그리고 마지막
한 명은 반품 처리된 책들을 우리의 '밴딩기'로 박스
포장했다. 단 한 명도 없어선 안 되고 농땡이 부려선 안 되는

'풀가동' 시스템으로 우리는 일주일에 걸쳐 모든 책을 반품했다. 지나가는 길에 서점에 들른 근처 가게 아주머니께선 우스갯소리로 노예 세 명이 쉴 새 없이 일하는 모습을 보는 것 같다고 하여 우리를 한바탕 뒤집어지게 했다. 아버지는 서점 경력 사십 년 동안 이렇게 많은 짐짝을 싸본 건 처음이라고 했다. 나로선 그저 할 말을 잃었다. 이게 서점 일이라면, 나는 뭔가 단단히 잘못되어가고 있는 게 분명하다고 생각했다.

반품 작업 중에 몇몇 책들은 꼭 함께 이사해야겠다는 생각으로 솎아내기도 하였으나, 워낙 포장해야 할 책이 많았던 탓에 숫자가 얼마 되지 않았다. 조금 더 세심하게 살펴보지 못한 게 아직도 마음이 쓰인다. 그렇다고 시간을 다시 되돌린다면 그 일에 시간을 충분히 쏟을 수 있을까? 솔직히 확신이 서지 않는다. 그저 가끔 지금 서점에 꽂힌 예쁘고 깨끗한 책들을 멀리서 한 번씩 훑을 때마다 반품했던 책 중 혹여나 보물이 있었을지도 모른다는 괜한 생각이 들곤 한다.

모든 책을 반품하고 새로운 책들로 서가를 다시 채운 일. 그게 과연 잘한 일이었을까. 이 년이 지난 지금도 여전히 그때로 돌아가는 꿈을 꾸고, 꿈에서 깨면 현실임을 여러 번 확인하면서도, 아직도 똑같은 질문을 던져본다. 확실한 건 그 일로부터 서점에서 가장 중요할지도 모르는 한 가지를 배웠다는 것이다.

바로 이 많은 책이 대수롭지 않게 왔다가, 아무렇지 않게 가버리는 게 아니라는 것.

이 많은 책이 오고 가려면 내 작은 몸뚱어리 하나 주저앉도록 굴려야 한다는 것.

간혹 인터뷰가 있을 때마다 인터뷰어는 흐뭇한 표정으로 묻는다.

언제까지 서점을 하실 생각이세요?

혹시 백 년 서점을 내다보고 있으신가요?

나는 종종 이렇게 대답하곤 한다.

서점을 그만두는 건 상상할 수 없어요.

그건 내가 사뭇 비장한 태도로 서점에 임하는 것으로 보일 수도 있겠지만, 실은 이 모든 책을 다 반품할 엄두가 나지 않기 때문이기도 하다.

개업 전 철야 작업
마치 코끼리라도 삼킨 것처럼

2015년 1월 23일. 자그마치 이만 권의 책이 왔다. 이만 권.
일주일 내내 쉴 새 없이 밴딩기를 돌려가며 그 많은 책을
반품했는데, 그보다 많은 책이 되돌아온 것이다.

리뉴얼 개점일은 1월 30일.

이제 일주일 동안 저 책들을 정리해야 했다.

이만 권의 책은 거대한 화물트럭에 실려왔다. 대형트럭
뒤에는 마치 코끼리라도 삼킨 것처럼 자기 몸집만 한
무언가가 천으로 덮여 있었다. 트럭에서 어렴풋이
바다 냄새가 났다. 대도시로부터 속초까지 오는 동안,
단언컨대 저 거대한 트럭 뒤에 실린 무언가가 책일 거라고는
그 누구도 상상조차 하지 못했으리라. 나 역시 살아오는

동안 그렇게 큰 트럭에 다름 아닌 책이 담겨 있는 광경은 본 적이 없었다. 이 말을 아버지에게 전하자, 당신은 예전에 수없이 본 장면이고 수없이 겪은 일이라고 했다.

그렇다. 그는 서점 호황기를 온몸으로 겪고 21세기에 당도한 사람이다. 아버지로부터 조언을 구할지언정 공감을 구하진 말지어다.

당시 서점 내부는 얼추 완성된 상태였다. 책 표지가 보이도록 책을 눕혀 진열하는 평대 서가를 제외하곤 모든 가구가 갖춰졌고, 내부 인테리어와 벽면을 빙 둘러싸고 있는 벽면 서가 또한 완성되었다. 산더미 같은 저 책들을 어떻게든 내려서 가능한 한 많은 양을 우선 벽에 꽂아두어야 할 터였다. 서가에 꽂을 수 있는 책의 양과 도착한 책의 양을 비교하는 수치 계산은 조금도 이뤄진 바 없었다. 우리는 일단 규모에 압도당했고, 그 규모를 한시라도 빨리 줄여야 한다는 생각에 급급했다.

책들은 약 스무 권씩 '밴딩끈'으로 묶여 있었다. 그렇게 묶인 책들이 또다시 좋이 스무 다발씩 하나의 팔레트에 묶여 있었다. 지게차가 동원되었다. 지게차가 팔레트를 하나씩 내려 건물 앞에 고스란히 놓아두면, 우리는 그 팔레트의 포장된 비닐을 뜯고 차곡차곡 쌓여 있던 책 다발을 매장 안으로 옮기기 시작했다.

얼렁뚱땅 계산했을 때, 이만 권의 책이 스무 권씩 다발로
묶이면, 천 다발. 한 사람이 한 번에 나를 수 있는
다발의 수는 일반적으로 그 사람의 팔 개수와 일치한다.
그렇다면 한 사람이 책을 나르면 오백 번, 두 사람이 나르면
이백오십 번씩 나르면 되는 것이다(나는 백 이상의 숫자가
실감이 잘 나지 않을 때면 그 숫자만큼의 '앉았다 일어났다'로 곧잘
바꿔 생각해본다). 아버지와 나, 우리 가족뿐이었다면 어림도
없었을 이 일을 열댓 분께서 도와주었다. 천주교 신자인
부모님 덕분에, 고맙게도 성당 교우 분들이 도와주러
온 것이다. 아멘. 그분들의 도움이 없었다면 책을 약 두 시간
만에 내리기는 불가능했을 것이다.

책을 벽면 서가에 꽂아야 할 차례였다. 밴딩끈으로 묶인
각각의 다발 위에는 저마다의 분류표가 부착되어 있었다.
'정치/사회' '경제/경영' '예술' '소설' 등. 후에 찬찬히
확인한 결과, 터무니없게 분류된 책들도 적지 않았다.

당시에는 각 다발 위에 적힌 분류에 따라 책을 꽂는 것이
급선무였다. 그때까지도 나는 벽면의 어느 부분에 어떤
분야를 배치할지 생각조차 해두지 않은 상태였다. 급한 대로
종이에 각 분야를 하나씩 휘갈겨 쓰고는 되는대로 서가
곳곳에 붙여놓았다. 그에 따라 엉망이면 엉망인 대로 책들을
우선 꽂았다.

우리의 계획인즉슨 죽이 되든 밥이 되든 일단 책들을 꽂고
난 후에 꼼꼼히 책들을 재배치하자는 것이었다. 묶여 있거나,
바닥에 널브러진 책들은 살펴보며 분류하기가 영 마땅치
않기 때문이었다. 비록 엉망이더라도 벽에 촘촘하게 꽂힌
그 책들을, 이제 우리가, 그러니까 아버지와 내가 세세하게
살펴야 했다. 저녁이 되고, 모든 사람은 각자의 따뜻한
집으로 돌아갔다. 휑한 서점에 우리 둘만 남았는데,
한겨울이라 한기가 가득했다. 서점 안에 있는데도 입에서
하얀 입김이 새어나왔다.

그날부터 아버지와 나는 아침부터 밤까지 책을 분류하고,
그것들을 책장에 다시 꽂았다. 한 명이 책을 분류하고
다른 한 명이 책을 꽂는가 하면, 때때로 우린 서로 소리쳐야
들릴 수 있을 만큼 멀찌감치 떨어져 일했다. 누가 보면
꼭 사소한 일로 토라진 사이처럼 각자 맡은 분야에 매진했다.

그렇게 하루 이틀 지나자, 지긋한 연세에도 쉼 없이 일하는
아버지를 안타까워하는 못할망정, 서점 크기를 늘리기로
한 아버지에게 공연히 화가 나기도 했다.

이렇게 많은 책, 이렇게 넓은 공간을 내가 혼자 감당할 수
있을까?

그만 두려움이 엄습했던 것이다.

서점에서 일한 경험이라도 있었다면 좋았으련만.

달리 방법이 없었으므로, 나는 근면하게 일했다. 몸이
고되면 딱 그만큼의 소산이 있으리라 믿었던 까닭이었다.

밤이 깊어 오면 아버지는 내게 말했다.

오늘은 여기서 그만하자. 무리하지 말고 내일 다시
시작하자.

그럴 때면 나는 아버지께 윽박지르곤 했다.

아직 책이 이렇게나 많이 남았는데, 어떻게 벌써 들어갈 수
있어요.

너무 무책임하신 거 아니에요?

나는 다름 아닌 내 안의 막막함과 두려움에 어쩔 줄 몰라
화가 났을 따름이었다는 걸, 일 년이 지난 지금 깨달았다.
그때 아버지를 조금 더 편히 쉬게 해드리지 못한 나의
조급함에 후회가 든다.

서가 분류법
지금은 맞고 그때는 틀리다

서점 오픈을 불과 며칠 앞두고 서가 분류 때문에 분주해졌다.
서점 탐방 때 썼던 너덜너덜해진 노트를 다시 펼쳐보니, 서가
분류를 두고 고민했던 당시의 흔적이 남아 있었다.

그때 방문했던 한국을 대표하는 대형서점 세 곳의 서가
분류와 분야별 매장 배치도를 그려놓은 도면이었다.
그 세 가지 사례를 주춧돌 삼아 우리 서점 서가 분류의
기초를 굵직하게 나누어 보았다. 물론 지금 다시 시작하라면
나는 전혀 다른 서점의 목록을 짜고, 차례대로 순례하며
서가 분류를 공부했을 것이다. 하지만 "지금은 맞고 그때는
틀리다"는 얘길 떠나서, 그때의 나는 지금의 나와는 완전히
달랐다. 더 조심스러웠는가 하면, 또 한편으론 대담하기도

했다. 나는 서점 세 곳밖에 모르기도 했지만, 세 곳이면 충분하다고 생각하기도 했다.

당연하게도 우리 서점 서가 분류의 기본 틀은 적잖이 보수적이다. 검게 둘린 벽면 서가의 각 꼭대기에는 가장 왼쪽부터 '예술' '취미' '건강' '자기계발' '과학(자연과학)' '경제 경영' '정치 사회' '종교' '역사' '인문' '문학' '청소년' '유아 아동' '학습 참고서'라고 순서대로 쓰여 있다. 그리고 이는 여느 대형서점, 여느 지역 서점의 분류법에서도 크게 벗어나지 않는다. 각각의 인접성 또한 그러한데, '취미' 옆엔 '건강'이 있고, '경제 경영' 옆엔 '정치 사회'가 있어서 보기에 따라서는 일정할 수도 상투적일 수도 있는 흐름에 따라 각 분야가 배치되어 있다.

그런데 매일매일 책을 정리하며 서점 오픈 일자가 다가옴에 따라, 심지어 서점 오픈을 지나고 나서까지도 서가 분류에 관한 나의 의문점들이 흐릿해지기는커녕 또렷해지고 늘어나기만 했다. 그때는 수없이 많은 양의 책을 서가에 꽂아두어야 했기 때문에 '이거 여기 꽂아두어도 되는 건가?' 하는 의문이 들다가도, 금세 잊고서 다시 책 정리하는 일에 몰두할 수밖에 없었다.

가령 《라캉 미술관의 유령들》이라는 책이 아마도 '미술'이라는 낱말이 들어가 있는 탓인지 '예술'로 분류된 책들 더미에 끼어 있었는데, 책을 펼쳐보기도 이전에 뭔가 찜찜한 기분이 드는 것이었다. 내용에 따라서는 정신분석학이 될 수도, 철학이 될 수도, 그것도 아니면 정말로 '예술'로 분류될 수도 있는 모호함의 영역에 속한 제목이었다. 문제는 그런 책들이 제법 수두룩했음에도 목차를 차근차근 살펴볼 여유도 없이, 그것의 수습을 무기한 유예해버렸다는 것이다.

리뉴얼 이후에 몇 개월 동안은 책들의 위치가 전산상에 정확히 입력되지 못한 까닭에, 오로지 제목으로만 어설프게 분류된 책들이 이따금 색출되어 내 얼굴을 붉혔다. 그것도 내가 아닌 손님에 의해서 말이다. 손님이 책을 찾아달라고 하여 찾는데, 아무리 찾아도 책이 없는 경우가 종종 있었다. 그럴 때마다 제목만으로 유추 가능한 몇 가지 장소에 가보면, 정말로 그 책이 얼토당토않은 분야에 버젓이 꽂혀 있는 것이었다. 《앵무새 죽이기》가 '취미-반려동물' 서가에 꽂혀 있어 책을 찾고 나서 절망감에 기가 차기도 했다. 이를 유독 자주 목격한 바 있는 단골손님 한 분은 민망한 농담을 던지기도 했다.

가끔 책을 엉뚱한 곳에 꽂아두는 것만 빼면 참 좋은 서점이에요.

시간이 흐르고 잘못된 위치에 놓여 있던 책들이 점차

제자리를 찾아가는 듯도 했다. 하지만 그것도 잠시, 서가 분류의 세계는 점점 더 나를 그 깊은 수렁 속으로 빠져들게 했다. 서점 일을 하면 할수록 기존 틀로는 호락호락하게 분류할 수 없는 책들이 부지기수로 눈에 띄었다. 이 책들은 시쳇말로 '답이 없다'. 목차를 자세히 살펴본다고 해서 친절하게 해답을 내놓지 않는 것이다.

예를 들어 《비밀기지 만들기》《쾌락도구사전》처럼 이 분류라고도 저 분류라고도 쉬이 단정 지을 수 없는 애매한 책들이 있는가 하면, 《나치의 병사들》 《히틀러의 비밀서재》처럼 이 분야에도 한 발, 저 분야에도 한 발씩 걸치고 있어 분류를 모호하게 만드는 책들도 있다. 또한, 심리나 감정을 다룬 자기계발서는 '심리'인지 '자기계발'인지 '에세이'인지 늘 고민된다. '실화를 바탕으로 한 이야기'는 또 어떤가. 그건 소설인가 르포르타주인가 자전적 에세이인가.

언급한 예시 속, 많은 사람에겐 비교적 생소하게 들릴지도 모르는 책에서 그치는 문제는 아니었다. 우리가 많이 들어봤음직한 책들 또한 기존 분류의 테두리를 거부하고 새로운 바탕의 구축을 요구하고 있었다.

재레드 다이아몬드의 《총 균 쇠》는 어떻게 분류하면 좋을까?

'역사'라고 하기엔 '과학'이 아쉽고, '인문 교양'에
꽂아두기엔 영 어색하기 짝이 없다. 유사한 계열의 책들로
《사피엔스》《거의 모든 것의 역사》 등이 있다.

이런 책들은 어느 책 제목 그대로, '빅 히스토리'라는
새로운 학문의 분류를 요구하는 것일까?

한국의 서가 분류법이라는 것이 기존의 '문과' '이과'의
분리된 학문 체계 아래에서 발전된 탓에, '문·리'의 경계를
허무는 새로운 학문의 흐름을 전혀 반영하지 못하고 있는
것일까?

질문은 끝이 없고, 의문은 수도 없이 샘솟지만,
단 한 가지라도 이렇다 할 대답을 내놓기 어려운 게 사실이다.

정답을 찾진 못했지만, 서가의 몇몇 구석에서 책 분류와
관련된 사소한 실험들을 감행해보고 있다. 자연이 환기하는
느낌과 이미지들로만 책을 모아서 진열하기도 했고, '퇴사'와
관계된 책들만 모은 코너를 만들어보기도 했다. 심할 때는
표지 색이 비슷한 책들만 모아놓기도, 제목을 이어서 읽을 수
있게 책을 모아두기도 했다. 위의 얄궂은 농담을 던진 손님의
제안으로 현재 아무도 눈치채지 못하는 어느 구석에
'아나키즘'을 주제로 한 서가를 한 칸 만들고 있다.

"지금은 틀리고 그때는 맞다"라는 얘기처럼, 어쩌면
지금의 나는 그때의 나보다 훨씬 무책임하고 자유분방해진

것일지도 모르겠다. 하지만 실제로 나는 이전보다 훨씬 더 오랜 시간 한 권의 책을 두고 어디에 꽂아야 할지 고민한다. 고민을 거듭한 그 책이 잘 팔리지 않았을 때 전보다 훨씬 더 마음 아프고, 반대로 잘 팔렸을 때는 전과 비교할 수 없을 정도의 큰 기쁨이 차오른다.

서가의 분류도 서점의 수만큼이나 다양할 수 있지 않을까?

실제로 그렇게 된다면, 그것만으로도 사람들은 인터넷 서점이 아닌 '서점'에 갈 최소한 한 가지 이유는 확보한 셈일 것이다.

눈물의 캘리그라피

어차피 예쁘자고 한 건 아니니까

우리 서점의 특징 중 하나로 종종 언급되는 것이 바로
'손글씨'다. 서점을 둘러보면 심심치 않게 서가마다 붙어 있는
작은 손글씨 안내문을 만날 수 있다. 어떤 것들은 서가
분류가 목적이지만 그 외에 특정한 기획으로 진열된 책들을
위한 것도 있고, 이도 저도 아닌 것들은 그저 특정 책을
소개하고 있다.

　요새 트렌디한 서점을 보면, 아기자기하게 붙어 있는
손글씨 안내문을 만날 수 있다고 한다. 그뿐만 아니라
일본의 서점 사진을 검색해보면 너나 할 것 없이
'손글씨POPpoint of purchase'가 서점 여기저기에 현란하게
장식되어 보는 이들의 이목을 집중시킨다. 그러나 정작 우리

서점의 손글씨 안내문이 대화 주제에 오를 때면 나는 괜히 난처해진다.

서점의 구색을 갖추고 모양새를 가꾸어 나갈 때, 더 명확한 의도로 일들을 착착 진행했다면 좋았으련만, 안타깝게도 나의 컨디션은 기복이 심했고 머릿속은 늘 뒤죽박죽이었다. 게다가 제대로 견학해 본 서점이라곤 대형서점 세 군데밖에 없는 상황에서, 그나마 서점다운 서점의 모습을 갖춰나가기까지 하루하루가 실험과 시련의 연속이었다.

사건은 우연히 인터넷을 통해 본 지역 서점 사진에서 시작되었다. 당시엔 뭐라고 불러야 좋을지도 몰랐던 A4용지 반 정도 되는 '코팅된 광고지'를 본 것이었다.

그런 광고지들이 서가 곳곳에 붙어 있다면, 손님들이 책 고를 때도 좋고 무엇보다 책들의 진열된 모양새가 풍성해보여 어딘가 허전해보이는 서점에 딱 맞겠다 싶었다.

문제는 그것을 어디서 어떻게 받느냐는 것이기 전에, 대체 그걸 뭐라고 불러야 하냐는 것이었다.

그 있잖아요, 코팅된 광고지 좀 받을 수 있을까요?

이렇게 말하는 건 너무나도 창피한 일이었으니까 말이다.

저 멀리 강원도에서도 산맥을 넘어 바닷가 근처까지 가야 있는, 볼품없는 서점에서 뭔들 조금 챙겨달라고 말하는 처지도 처지였지만, 챙겨달라는 걸 뭐라고 부르는지는 알고

있어야 할 것 아닌가. 별다른 요량도 없이 나는 창피함을
무릅쓰고 총판總販에 전화를 걸었다. 직접 거래하는 출판사가
거의 없다시피 하니, 전화를 걸 곳이야 이미 정해져 있었다.

담당자가 전화를 받자 나는 주저하며 말했다

그 코팅된 광고지….

아니나 다를까 베테랑 담당자는 곧장 답했다.

아, 피오피요?

그때 나는 처음으로 '그 코팅된 광고지'의 이름이
'POP'('피오피'라고 읽는 사람도 있고, '팝'이라고 읽는 사람도
있다)라는 걸 알게 되었다. 그는 흔쾌히 챙겨서 보내겠다고
말했고, 나는 중대한 문제라도 하나 해결된 양 기분이
들떴었는데, 실은 그 이후로 POP는 딱 한 번 우리 서점에
왔다. 두 번쯤 더 전화를 걸어 요청했지만 온 적은 없었다.

나도 우리 서점의 형편과 입지를 모르는 게 아니다. 아무렴
어떤가. 소개하고 싶은 책이 있으면, 어설프게라도 직접
써보자. 그래서 손글씨를 쓰게 됐다.

누구나 금방 알 수 있듯이, 내 손글씨는 잘 쓴 글씨가 결코
아니다. 그래서 예쁘게 쓰는 건 일찌감치 포기했다. 최대한
내용을 정확히 전달할 수 있도록, 겸손하고 정갈하게 쓰자는
게 목표였다. 그래서 이렇다 할 색깔도 없는 흰 명함종이에
검은색 붓펜으로 그림도 이모티콘도 없이, 오로지 글씨만을

쓰기 시작했다. 처음 몇몇 장소에 손글씨를 써서 부착했는데, 얼마 지나지 않아 방문한 한 커플이 웃으며 얘기하는 걸 그만 들어버렸다.

여기 손글씨 좀 봐.

순간 너무 창피해서 당장에 다 떼어버리고 싶은 걸 꾹 참고 견뎠다.

어차피 예쁘자고 한 건 아니니까….

몇 번이나 나를 위로했다.

그렇게 어느 정도 시간의 무게를 견디고 나자, 손글씨는 차츰 서가 곳곳에 어우러져 어느새 우리 서점 하면 쉽게 떠오르는 특징 하나로 자리 잡았다. 어떤 분들은 인터넷에 후기를 남기며 손글씨가 인상적이었다고 써주었고, 또 어떤 분들은 직접 글씨를 쓴 거냐고 내게 물으며, "묘한 매력이 있다"고 칭찬해주었다. 아마 그게 최대치의 칭찬이었으리라 짐작한다. 그렇게 손글씨 안내문은 조금 조금씩 늘어나, 서가 분류에도 붙어 있고 매달 집계하여 부착하는 우리 서점만의 베스트셀러 안내문에도 등장하게 되었다. 한마디로 손글씨는 승승장구했는데, 그럼에도 아직도 출판사와 얘기를 나눌 기회가 생길 때면, POP에 굶주렸던 그때 기억 탓인지, 무엇이든 일단 넉넉히 챙겨달라고 말하는 비루한 습관은 버리지 못했다.

책을 꿰뚫는 맛
새로 나온 책 있어요?

그런데, 신간 배본은 여전히 안 받으시고요?

한 달에 한 번씩 우리 서점을 방문하는 총판 담당자는
대화가 끝날 때쯤 매번 똑같은 질문을 되풀이한다. 최대한
정중히 거절해보지만, 이 또한 매번 되풀이되다 보니 이젠
대답할 때마다 공연히 겸연쩍어지는 것도 사실이다.

신간을 배본 받는다는 것은 총판에서 매일매일 새로
출간되는 책들을 자동으로 개별 서점에 배부한다는 뜻이다.
서점은 일일이 신간을 챙겨 주문할 필요가 없어 수고를 덜고,
총판은 한정된 시간에 될 수 있는 대로 많은 책을 배포하여
매월 결제 시 이득을 취하게 되는 구조다. 서점 입장에선,
여기서 발생할 수 있는 재정적 피해를 최소화하기 위해

쉴 새 없이 반품 업무에 매진해야 한다. 그때그때 판매가
저조한 책들은 즉각 밴딩기 위로 올라가는 냉혹한 세계인
것이다.

하루에 출간되는 책이 약 백팔십 종, 일주일에
천이백구십 종. 일반적인 종합서점으로서는 이러한 막대한
양의 신간 정보를 얼마나 신속하게 서점에 업데이트하느냐가
생사의 관건이기도 하다. 그 때문에 어느 정도 규모가 있는
서점들은 적지 않게 '배본'이라는 제법 합당한 선택지를
택하게 된다. 시시각각 출간되는 책들을 체크하고,
주문 수량을 정할 적에 예상 판매량을 헤아리느라 골머리를
앓느니, 차라리 편안히 책을 배본 받고 대신 정해진 주기에
성실하게 반품 작업에 매진하는 편도 나쁘진 않다.

나는 서점 일을 시작한 이후로 지금까지 신간 배본을
받아본 적이 없다. 처음엔 뭣도 모른 채 그렇게 했던 게
사실이다. 뭐가 뭔지도 모르는 상황에서 아무런 생각 없이
수많은 책을 그저 왔다가 보내는 일이 영 내키지 않았다.
반품에 트라우마가 생긴 것일까? 책을 속절없이 반품해야
한다는 것이 유독 마음에 걸렸다. 일단 한 번 우리 서점에
입고된 책은, 그게 한 권이든 다섯 권이든 열 권이든,
어떻게든 다 팔아보자는 담대하고도 청순한 마음이었다.

따라서 내가 팔 책은 당연히 내가 잘 팔 수 있고 팔고 싶은

책들로 구성되어야 마땅한 까닭에, 그 책들의 목록을 직접
짜는 일 또한 당연하다고 여겼다.

다만, 그 일에, 그러니까 주문할 신간을 선정하는 일에
신중을 기해야 할 텐데, '신중'이라는 모호하고 막대한
범위 안에서 균형을 잡는 데 꽤 많은 시간이 소요되었다.
처음엔 손님들도 별로 없었고 책을 진열하는 감각도 전혀
없었던 탓에 너무 신중을 기하다 못해 소심해져, 인터넷 서점
몇 군데에서 신간 정보를 보고 최소한의 책만 주문했다.

대체로 한 권씩, 조금 욕심이 생긴다 싶으면 두 권씩, 이거
꽤 많이 팔리겠다 싶어도 고작 세 권이었다. 그러다 보니
종종 손님들이 찾는 책이 없는 경우가 생겼고, 무엇보다도
진열된 책이 한 권 팔리면 바로 재고가 소진되는 지경에
이르렀다. 나의 부지런함에 전적으로 의존하는 일이다 보니,
자칫 책의 출간 일자와 서점 입고 날짜 사이에 틈이
벌어지기도 했다.

책이 모자라서 문제였는가 하면, 한편으론 책이 많아서
문제였던 적도 있다. 잘 팔아보고 싶은 책이라 용감하게 세
권, 다섯 권씩 주문했다가 어긋난 감과 어설픈 진열로 한
권도 팔지 못한 적도 있었다. 또한, 명색이 서점 사람인데도
인터넷 서점 광고에 혹해서 여러 권 주문했다가 전혀
판매되질 않아 이내 책을 반품했던 적도 심심치 않게 있었다.

차라리 신간 배본 받을 걸 그랬나.

이런 마음이 귀신처럼 나를 찾아오곤 했다.

셀 수 없을 정도로 많은 시행착오를 거치고, 일 년이 막 지날 무렵부터 신간 주문에 나만의 시스템이라고 부를 수 있는 무엇이 자리 잡기 시작했다.

신간은 매주 일요일에 칠십 퍼센트, 약 서른다섯 종을, 나머지 평일에 삼십 퍼센트, 약 열다섯 종을 주문한다. 주말에 각종 일간지 책 지면에 추천된 신간 목록을 가장 주의 깊게 살펴보고, 그 외에 인터넷 서점 신간 페이지와 각종 출판사 SNS계정과 기타 등등에서 정보를 얻지만, 그중에서 어떤 책을 선택하느냐, 몇 권을 주문하느냐 하는 것은 여전히 전적으로 나의 감각에 의존하고 있다.

아직도 신간을 직접 주문하는 이유는 바로 이것이리라. 이 맛에, 그러니까 저 수많은 책 중에서 온전히 나의 감각만을 믿고 책을 선택하는 맛에 꿰뚫렸기 때문이겠다. 매주 출간되는 책들을 시시각각 체크하고, 주말엔 주요 일간지 책 지면에 어떤 책들이 소개되었는지 시간을 들여 읽어보고, 그중에 또다시 어떤 책을 선택할 것인가 연거푸 고민을 거듭하다 싫증도 나지만, 어찌어찌하여 주문 직전 단계에선 어떤 책을 어디에 몇 권 진열할지 머릿속에 그려보는, 생각만으로도 피곤해지는 이 모든 일.

하지만 그렇게 심사숙고를 거친 책의 단 한 권 판매만으로도 모든 피곤을 보상받는 일. 이렇게 말하고 나니 새삼 무슨 대도시의 중심부에서 일하는 세일즈맨처럼 비장하다며 그만 웃음이 난다.

나의 이 사뭇 비장한 태도를 더욱 해학적으로 만드는 건, 대부분의 서점 방문자들이 신간 코너에 그다지 신경 쓰지 않을뿐더러 신간 코너 자체를 모르는 분들도 부지기수라는 사실이다.

이 책 새로 나온 건데 있어요?

들뜬 마음으로 방문한 손님이 물을 때, 하필 고르고 고른 신간 중 딱 그 책이 없는 절묘함은 이 콩트의 극한을 느낄 수 있게 한다. 손님은 이미 가버리고 없는데, 나는 허둥지둥 책을 검색해 그제야 주문할 채비를 한다.

그냥 신간 배본 받을 걸 그랬나?

조금은 후회하면서 말이다.

검색대가 없는 서점
도서 위치의 미학

별 탈 없이 운영되고 있는 서점이라면 대체로 매일
재입고되는 책을 포함하여 새 책이 들어오는데, 입고되는
시점만은 제가끔 다르다. 책들이 아침나절에 도착하여 즉시
입고하는 서점이 있는가 하면, 저녁 즈음 정해진 시간에
이르러 책을 입고하는 서점도 있다.

　우리 서점으로 말할 것 같으면, 아침 여덟 시 삼십 분쯤
화물차가 책들을 내려놓고 간 후, 오전 아홉 시에서 열 시
사이에 책을 정리하고 매입 작업을 시작하여 될 수 있으면
오전 내로 일을 끝내려고 하는 편이다. 오후부터는
본격적으로 손님을 맞거나 주문을 받고 밀렸던 업무를
처리해야 하기 때문이다. 다만 학습 참고서나 교재가 아닌

단행본은 나 혼자 매입 작업을 하는 탓에, 일이 손에 익기 전까지는 걸핏하면 오후 느지막이 입고 작업을 마치곤 하였다. 여기에 책을 서가에 꽂고 정리하는 시간까지 더하면, 출근해서 책만 정리하다가 어느새 해가 저물고 밖이 캄캄해지는 광경을 목도하기 십상이었다.

도서 매입 작업에서는 책의 제목, 저자, 정가와 매입률(공급률)을 입력한 후에, 마지막으로 책의 위치를 지정해야 한다. 그런데 이 '위치'를 정한다는 것이 생각했던 것만큼 호락호락한 작업이 아니었다.

도서 검색대가 마련된 대형서점에서 위치 검색 시스템을 이용했던 경험을 반추해보면 그토록 편리할 수가 없었다. 나는 대형서점을 방문할 때마다 곧장 도서 검색대로 걸어가서 찾는 책의 위치를 검색했다. 서점 업계에서 종종 언급되곤 하는 책의 '발견'이나, 책과의 우연한 '만남' 따윈 당시 내 안중엔 없었다. 알파벳과 숫자의 조합으로 이루어진 위치 기호는 은행 대기 번호처럼 출력까지 할 수 있었다. 그게 꼭 대도시 서점 첨단 시스템의 물증인 것만 같아서 늘 출력된 작은 쪽지를 책을 찾기 직전까지도 손에 꼭 쥐고 있었다. 말하자면 나는 도서 검색대 애호가였다.

책의 위치가 알파벳과 숫자로 조합된 일련번호임을 위에서 언급했듯이, 책의 분류와 책의 위치 사이엔 작지 않은 차이가 있다. 책의 분류란 말 그대로 책을 어떤 테두리로 묶을 것인가 하는 개념적인 문제지만, 책의 위치는 직접 책을 찾는 데 있어서의 효율성을 고려한 실용적인 문제에 가깝다. 물론 위치를 입력하지 않아도 된다. 규모가 작거나 장서량이 적은 서점의 경우엔 위치 정보 없이도 족히 운영할 수 있을 테고, 규모나 장서량과 무관하게 '위치 설정' 문제가 그저 실무자의 주관으로 판가름나는 경우도 있을 것이다. 예컨대 책의 분류가 백과사전처럼 섬세하다면 위치 정보가 따로 필요 없을지도 모른다. '소설'이라는 대분류 안에서 백 가지 정도의 세부 분류만 실현하더라도 그 자체가 위치로서의 얼마간의 실용성을 달성했다고 볼 수 있기 때문이다. 나 역시 도서 분류와 위치가 고스란히 포개지는 상황을 꿈꾸지 않은 건 아니지만, 일단은 대다수 서점과 마찬가지로 '편의상' 도서 위치를 지정하긴 해야 했다.

우리 서점이 사용하고 있는 도서관리 시스템, 이른바 '포스 시스템'은 도서 위치를 네 자리 일련번호로 입력하게끔 만들어져 있다. 네 자리는 알파벳만으로, 혹은 숫자만으로 이루어져도 무방하고, 두 가지가 마음껏 섞여도 무방하다. 하여 고심 끝에 각각의 서가마다 가상의 일련번호를 매기고, 매입 작업 시 각각의 책에 자신의 자리를 정해줬다. 거기까지는 해볼 만했다.

문제는 그다음, 그러니까 실제로 책이 놓여 있는 위치와 시스템상에 입력된 책의 위치 정보를 일치시키는 일이었다. 일말의 빈틈도 없는 시스템으로 서가가 운영되고 있다면 문제도 아니었겠지만, 나는 다름 아닌 책의 '편집 진열'을 중요하게 여기는 서점 사람 중 한 명이었다. 때로는 책이 출간되는 경향에 의해, 가끔은 시국에 의해, 드물게도 어떤 날에는 책 표지 색깔이나 제목의 연관성에 따르는 등, 서점원 저마다의 고유한 맥락 속에서 책을 자유롭게 편집하여 배열하는 게 서점의 묘미이자 경쟁력이라고 생각했다. 당연하게도 문제는 이렇게 책이 왔다 갔다 하는 만큼 책의 위치 데이터를 매번 수정할 수가 없다는 것이었다. 책의 위치는 매입 시점에 단 한 번 정해지지만, 실제 책의 자리는 처음 정해진 위치로부터 하염없이 미끄러진다. 이러한 이유로 여전히 우리 서점은 도서 검색대가 없는 '희귀 서점'으로 남아 있기도 하다.

서점에서 일한 지 한 해가 넘어갈 만큼 시간이 지나도 이 문제에 대한 기술적 해답을 찾지 못했다. 애먼 곳에서 답을 구하고 있는 내가 갸륵하다는 듯이 원론적인 해답 하나가 저 멀리서 나를 지켜보고 있었다. 바로 도서 분류 자체가 책의 위치 정보가 되게 하는 일이었다. 걸리는 시간에 대한 보답도, 어쩌면 끝이라는 기약조차 없을지도 모를 일일 테지만, 나는 천천히 이미 정해져 있던 저 길을 걸어가 보기로 마음먹었다. 사용하던 위치 정보는 계속 사용하되, 어느 순간에 이르면 도서 분류의 개수가 위치 일련번호의 개수를 넘어서는 것이었다. 도서 위치에 관한 이 같은 나의 까다로움 탓에, 유독 서점에 자주 방문하여 책의 위치가 바뀌는 경우를 허다하게 마주했을 단골손님들께 심심한 사과의 말씀 올린다.

　우습지만 한 가지 소득이라면, 이 과정에서 책의 거의 모든 위치를 다 외우게 되어버렸다. 손님께서 책을 찾으면 일주일에 한두 번 책의 위치가 기억나질 않아 자료를 조회해보는 걸 제외하곤, 모든 책의 위치가 다 기억나는 지경에 이르렀다. 간혹 신기해하셨던 분도 계시는데, 그건 내 머리가 딱히 좋아서는 물론 아니다(나는 기억력이 안 좋은 편이다). 그저 책을 보다 조밀하게 분류하는 과정에서 본의 아니게 책을 꽂은 자리 하나하나가 내 기억 속에 새겨지기 때문이리라. 말하자면 내 머릿속에 가상의 서점 하나가 더 있는 셈이다. 누군가 책을 찾으면 나는 조금의 망설임도 없이 성큼성큼 서가를 향해 걸어가지만, 실은 그와 동시에 가상의 서점 속 어느 서가를 향해 성큼성큼 걸어가고 있는 것이기도 하다.

서점과 문학상의 관계
이거 정말 축하할 일이군!

노벨문학상에 노심초사하는 건 아니더라도 문학 기자나
문학 편집자 다음으로 노벨문학상에 관심 갖는 직종은 바로
서점원일 것이다. 2015년은 서점에서 일한 나의 첫해였다.
그 때문에 아무런 준비와 대책 없이 10월 13일을 맞았다.
'스베틀라나 알렉시예비치'라는 이름이 발표됐다.

처음 들어보는 작가군. 출간된 책이 뭐가 있는지 빨리
찾아봐야겠다.

이런 반응 이전에,

과연 이름도 들어본 적 없는 생소한 작가가 상을 탔네.

이런 반응 이전에,

어라, 오늘이 노벨문학상 발표하는 날이었네?

이런 반응이 먼저 나왔으니 말이다.

맨부커상의 경우 한국인에게 그리 친숙했던 문학상은 아니다. 출판계나 서점계에 근무한다든가 문학에 조금이라도 관심이 있는 사람이 아니고서 맨부커상이라는 이름은 많은 한국인에게 2016년 이후에 처음으로 각인된 이름이었으리라. 이를테면 나의 경우엔 맨부커상의 존재에 대해서는 어렴풋이 알고 있었지만, 2016년 맨부커상 수상에 대해 서점원으로서나 개인으로서나 아무런 준비 태세를 갖추지 못하였다. 맨부커상은 나에게도 마찬가지로 2016년에 최초로 실질적인 의미에서 인식된 문학상이었다.

2016년에 소설가 한강이 맨부커상을 받았다는 소식을 접했을 때 역시 비슷했다.

이거 정말 축하할 일이군!

속으로 생각하고 말았다.

창피하고 속상하지만 인정할 수밖에 없다. 나는 정말 그렇게 속으로 되뇌었을 뿐이었다. 수상 이전부터 한강 작가의 팬이었기 때문에 연이어 이런 생각을 덧붙이며 심지어 흐뭇해하기도 했다. 한강 작가 책들은 다 있으니, 사람들이 곧 사러올지도 모르겠군.

나의 게으름과 무딘 감각 덕분에 우리 서점은 끔찍한 재앙을 맞아야 했다. 손님 몇 분께서 급히 우리 서점을

다녀가더니, 금세 맨부커상 수상작인 《채식주의자》의
재고가 다 떨어져 버린 것이다. 주문하려고 주문 프로그램을
켜 봤지만 때는 이미 늦어도 한참 늦은 뒤였다. 한강 작가의
모든 책이 몽땅 동났고, 중쇄하기까지 최소 주말 포함 닷새는
더 남았었다. 이미 늦어버린 뒤에 온갖 방법을 동원해 책을
구해보려 했지만, 손님들의 열화와 같은 방문에 식은땀만
흘리고 있을 따름이었다.

  서점 사람이 노벨문학상과 여타 문학상에 신경을
곤두세워야 하는 이유는 두말할 나위 없이 책이라는 매체
때문이다. 노벨문학상 수상 작가가 발표되면, 그 시점에 맞춰
얼마나 신속하게 해당 작가의 책을 갖춰놓느냐가 곧 서점의
경쟁력과 직결되기 때문이다. 그뿐만 아니라 발표에 뒤이어
몇 주, 빠르면 며칠 내에 수상 작가의 새 작품이 번역되어
출간되기도 하고, 그것도 아니면 최소한 기존 책에
'○○년도 노벨상 수상 작가'라고 적힌 띠지 정도는 새로
붙여서 중쇄된다. 서점 사람이 이러한 출판 경향을 충실하게
따르느냐 따르지 않느냐는 문학상에 대한 각자의 호오나
철학에 따라 다를 수 있지만 적어도 이러한 경향을 아예
무시할 순 없을 것이다. 물론 종합서점이 아닌 특정한
콘셉트로 운영되는 책방의 경우엔 이와 다를 수 있겠다.

  그리고 2016년. 노벨문학상은 뮤지션 밥 딜런이 수상했다.

또 한 번 전국, 그리고 전 세계가 떠들썩했다. 돌이켜보면 2015년 10월 13일도 세간의 반응이 무난했던 건 아니다. 스베틀라나 알렉시예비치의 《전쟁은 여자의 얼굴을 하지 않았다》는 기존의 범주대로라면 소설이나 시가 아닌 르포르타주, 넓게는 에세이에 가까웠기 때문이다. 시인이나 소설가가 문학상을 수여하는 것이 퍽 당연시 여겨졌던 터라, 2015년 수상작은 그 결과의 옳고 그름을 떠나서 다소 생소했던 게 사실이다. 그런데 2016년엔 '밥 딜런'인 것이다. 스웨덴 한림원은 기존의 문학상이 가두고 있던 '책'이라는 테두리를 넘어 새로운 문을 여는 방향으로 나아가고 있는 듯하다. 그리고 그러한 행보는 적어도 내겐 제법 인상적이고 존경할 만한 것으로 여겨진다.

결과적으로 행운인지 불행인지, 나 같은 게으른 인간에게 2016년 노벨문학상 수상 결과는 꽤 복되었다. 아니나 다를까 수상 소식을 뒤늦게 듣고 책을 주문하려고 보니, 아뿔싸. 출간된 책이 자서전 한 권밖에 없었다. 그렇다. 밥 딜런은 뮤지션이다. 노벨문학상 발표날이 지났는데도 서점은 작년과는 다르게, 하지만 그 전날과는 다름없이 잠잠했다. 노벨문학상이라는 작지 않은 사건에서 책과 서점의 입지가 조금은 줄어든 듯하여 섭섭함이 느껴지는 한편, 당장엔 별다르게 분주할 것 없는 이 흐름에 쓸쓸하게 몸을 맡긴다.

강원도 어느 바닷마을 서점에서

책이 팔려봤자 얼마나 팔리겠느냐마는,

책에 대한 당신의 그 애정 어린 마음 덕분에

우리 서점은 오늘 하루도 무사히 지낼 수 있었다

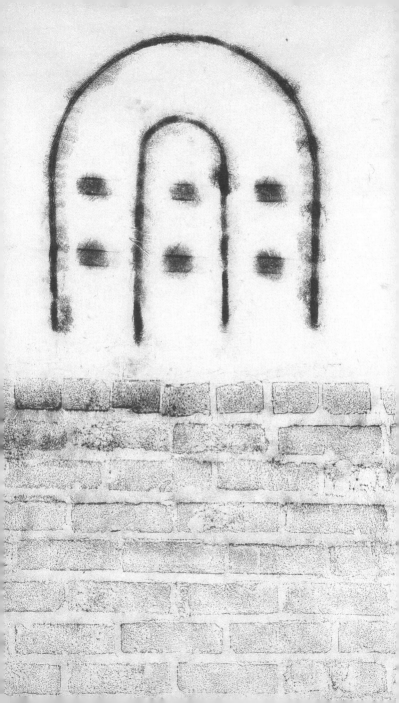

납품
어찌 됐건 우리에게 도움이 되는 일

앞서 이야기한 바 있는 '종합서점'의 정의가 '분야를
막론하고 온갖 종류의 책을 취급하는 서점'이라고 한다면,
그것의 불가결한 특징 중 하나, 그러니까 '종합서점'과
'종합서점이 아님'을 구분하는 중요한 기준은 '납품'이라고
말하고 싶다. 그렇지 않은 경우도 배제할 순 없겠지만,
'종합서점'이라고 했을 때는 그 서점이 도서관에 정기적으로
책을 납품하고 있다는 사실을 어느 정도 전제한다고
볼 수 있다.

책의 납품은 주문받은 책을 서점이 사들여 해당 기관에
공급하는 과정으로 이루어진다. 책의 구매와 공급의 중간
단계에서 각 기관이 요구하는 바에 따라 책의 바코드를

생성하고 청구기호 라벨을 책에 붙이는 등 이른바 '장비 작업'이라고 하는 과업이 덧붙기도 한다. 우리가 도서관에서 대출하는 각각의 책등에 붙어 있던 의미가 모호한 숫자들과 수수께끼 같은 한글 자모음들, 그것들은 대체 어디서 만들어져 누가 붙인 것일까 아무도 궁금하지 않을 테지만, 실은 대체로 서점이 그 일을 한다. 서점이 직접 '장비 작업'을 맡아서 하기도 하지만 상황에 따라서는 사서 자격증을 소지한 장비 작업 전문 업체를 고용하여 외주를 맡기기도 한다.

어찌 됐건 나로서는 납품 일을 시작한 뒤로 적잖이 당혹스러웠던 경험들이 바로 이 '장비 작업'으로부터 빚어졌다. 도서관에서 서점을 통해 책을 사들인다고 했을 때, 단순히 책의 구매와 배송뿐만이 아니라, 청구기호가 적힌 라벨을 서점이 만들어서 각각의 책에 붙이고 기관 도장을 찍는 일들을 한다는 게, 처음 서점 일을 시작한 내겐 퍽 기묘하게 느껴졌던 것이다. 도서관에 비치될 책들의 바코드와 청구기호를 생성하고 그것들을 라벨 용지에 출력해서 라벨을 붙이는 일이 설마한들 '서점의 일'이라고는 상상조차 하지 못했을 정도로 나의 머릿속은 청순했다. 대학 학부 시절에 학교 도서관에서 아르바이트를 수개월간 했었는데, 그때 내가 맡은 일이 바로 저 작업이었다. 책등에 바코드 라벨을 붙이고 책 여기저기에 도장을 찍는 일. 시간당 최저임금을 받으며 시간의 무게를 온몸으로 견디는 그 일과 이렇게 재회하리라고는 미처 예감하지 못했다.

물론 우리는 이 일을 사서자격증을 소지한 전문 업체가 맡는 것이 마땅하다는 판단으로 그리고 서점은 서점으로서 해야 할 저만의 중요한 일이 있다는 판단으로, 장비 작업에 한해서는 주로 외주를 주고 있다. 그런 와중에도 늘 어째서 이 모든 과정이 유독 서점에만 맡겨져 있는지, 그럼에도 왜 서점은 이 일을 그저 받아들일 수밖에 없는지 자문해보았다. 돈이었다.

도서 납품은 한 건에 커다란 규모의 돈을 서점에 벌어다 준다. 그 규모가 클 때는 한 달 매출액과 맞먹기도 하고, 그 규모가 작을 때조차도 하루 매상에 버금갈 만하다. 그렇다. 대체 왜 서점은 도서관 청구기호 생성법을 익혀야 하고, 왜 책에 라벨을 붙여야 하는지 따위의 질문은 고이 접어두자. 지금껏 쭉 그래 왔고, 따라서 하던 대로만 하면 약속된 금액이 고스란히 지급된다.

서점 업계가 불황이다.

사람들이 책을 읽지 않는다.

이 같은 불평할 여유가 있다면, 지금 당장 라벨을 붙이자. 그리고 도장을 찍자.

도서정가제 시행 이후 납품에서도 도서 할인율이 최대 십 퍼센트로 제한되는 까닭에 서점의 이익은 일정 선에서 보장되는 상황이 되었다. 지자체에서는 공공기관의 도서 납품을 지역 내 서점을 이용하도록 권장하는 추세다.

　그런데 2015년 9월, 예기치 못한 일이 발생했다. 속초에 시립도서관이 생겼다. 그곳의 텅 빈 서가에 채워질 장서 중 오 분의 삼을 우리 서점이 납품하게 되었다. 그러니까 약 만이천 권의 책을 우리 서점이 납품하게 된 것이었다. 거기까진 좋았다. 문제는 만이천 개의 바코드 라벨과 만이천 개의 날인과 만이천 개의 청구기호 라벨, 여기에 한 가지 더하여 RFID(전자라벨) 또한 각각의 책날개에 부착하여 납품해야 했다는 점이다. 여력이 없던 우리는 장비 작업에 한해서는 외주 업체를 고용했다.

　깜빡할 뻔한 사실 하나. 약 만이천 권의 그 책들을 도서관 서가에 꽂아두는 것까지가 서점의 역할이었다. 계약서에 그렇게 쓰여 있었다.

　도서의 납품은 도서 검수 및 도서관 서가에 책을 배가하는 것까지를 완료한 것으로 한다.

　만일 당신이 만 권이 넘는 책을 서가에, 한 권마다 정해진 각자의 위치에 꽂아야 하는 상황에 직면한다면, 당신에게 영수증 프린터 기계를 추천하고 싶다. 우리는 만이천 권의 책

목록 파일을 청구기호 순으로 분류한 뒤, 각각의 책을
무작위로 집었을 때 그 바코드 번호에 해당하는 위치가 즉각
프린터에서 출력되게 만들었다. 책을 집어서 바코드를
읽히면, 은행에서 대기 번호가 출력되듯이 책의 대기 번호가
나온다. 그러면 책은 번호표를 물고 순서를 기다리면 된다.
우리는 번호를 보고 각각의 책을 할당된 자리에 꽂았다.

　나는 보름에 가까운 기간 동안 오후에 시립도서관에 가서
책을 분류하고 꽂았다. 그동안 서점은 아버지 혼자 맡았다.
어떻게 그렇게 할 수 있었냐고 묻는다면,

　잘 모르겠다.

　다시 그렇게 할 수 있을지도 확신이 서지 않는다. 우린 그냥
그렇게 했다. 서점을 얼마간 지속해나갈 수 있는 넉넉한
경제적 도움을 주는 일이었다. 싫든 좋든, 바로 그래서 우린
그 일을 할 수 있었을 것이다. 단단한 정신력과 튼튼한
체력도 때로는 금전으로부터 비롯한다는 걸 부인할 수 없다.

　현재와 같은 도서 납품 시스템은 언제까지 지속될까?
외국의 사정은 어떤지 심히 궁금하다. 스위스나 인도에서도
공공 도서관이 서점으로부터 책을 사들여 장서를 구축하는
시스템일까? 만일 그렇다면 거기서도 서점이 라벨을 붙일까?
거기는 라벨이 있긴 할까. 매번 납품할 때마다 비스무레한
의문점이 반복되어 고개를 들면서도, 그 돈이 일정 부분 우릴

지탱해주고 있다는 걸 알기에 우리는 고개를 숙인 채 이 일을 하고 있다.

그래도 어찌 됐건 우리에게 도움이 되는 일인데 무얼….

다만, 이 뾰로통한 표정을 행여나 다른 누군가에게 들킬까 봐 오로지 속으로만 말한다.

서점발 베스트셀러
나는 당신에게 말을 건다

일본 서점계 용어 중에 '서점발 베스트셀러'라는 게 있다. 어떠한 특정 서점으로부터 시작된 베스트셀러라는 뜻의 이 말은, 일본 특유의 오프라인 지역 서점의 힘과 패기를 느낄 수 있는 표현이다. 이와 관련되어 '서점발 베스트셀러'를 만들어냈거나 기획한 서점 사람은 '카리스마 서점원'이라고 지칭하기도 한다. 당연한 얘기겠지만, '서점발 베스트셀러'라는 말이 전제하고 있는 것은 '발굴'이다.

　베스트셀러가 만들어지는 과정에는 셀 수 없이 많은 원인과 조건이 뒤엉켜 있다. 그중엔 마케팅의 관점에서 분석 가능한 것들도 있을 테고, 그렇지 않은, 그러니까 논리적인 분석이 쉬이 가능치 않은 요인들도 있을 것이다. 가장 먼저

떠오르는 요인 중 하나는 저자가 이미 베스트셀러
작가이거나 굉장한 유명인인 경우다. 또한, 그러한 유명인이
소개한 책들이 베스트셀러가 되기도 하고, 여전히 책을
소개하는 각종 미디어의 위력 또한 무시할 수 없다.
이런 와중에 오로지 광고의 힘으로 베스트셀러 반열에
오르는 책도 없진 않을 테고, 믿거나 말거나 오로지
입소문이나 콘텐츠의 훌륭함만으로 베스트셀러가 되는
경우도 간혹 있을 것이다.

　물론 이런 여러 가지 요인들이 엉켜 있는 와중에서도 전혀
예상치 못했던 돌발적인 상황이나 사건이 개입하는 경우도
있다(한강 작가의 맨부커상 수상을 다시 한 번 상기한다). 그리고
무엇보다도, 베스트셀러 결정의 최종심급인 독자라는 집단
자체는 그다지 예측 가능하지 않다.

　이런 상황들 속에서 '서점발 베스트셀러'라는 용어는
베스트셀러 시장에서 소외된 우리 서점 사람들의 척박한
마음을 퍽 자극하고야 만다. 분석할 수 있건 없건 수많은
베스트셀러 형성의 제반 조건들 속에 서점 사람이라는
항목을 하나 추가할 수 있다는 가능성만으로도, 내가
'발굴'한 책이 전국으로 줄기 뻗어 베스트셀러가 된다고
상상하는 것만으로도 마음 한구석이 울컥하기 때문이다.
나로서도 '서점발 베스트셀러'에 대한 희망을 품지 않았다고

한다면 거짓말일 것이다. 그것이 많은 서점 사람의 로망이듯, 나의 로망이기도 하다.

결과부터 말하자면 나는 '서점발 베스트셀러'를 만들어낸 적이 없다. 시도가 없었던 건 아니다. 우리 서점만의 특색과 매력을 드러낼 수 있는 책들을 선별하여 상시 곳곳에 진열하며, 그것이 오프라인 서점의 얼마 남지 않은 경쟁력 중 하나라고 늘 생각하고 있기 때문이다. 그러나 나의 이 오래된 능력 결함 탓에 내가 강조하는 책들이 전국적인 베스트셀러로 이어지지는 못했고, 우리 서점 판매량 곡선에 미세한 충격을 주는 정도로 만족해야 했다.

뜻밖에 반응이 좋았던 적도 없진 않았다. 《지적 자본론》 《오키나와에서 헌책방을 열었습니다》 《반농반 X의 삶》을 함께 진열했을 때였다. 직접적이든 간접적이든 대안적인 경영 혹은 라이프스타일을 제시하는 책들인데, 우연히 저자가 모두 일본인이었고, 우리 서점에 모두 같은 날 입고되었다. 그것이 일종의 계시처럼 느껴진 까닭에 이 세 권을 모아 작은 코너를 마련하고 '서로 다른 대안적인 라이프스타일을 제시하는 세 저자의 이야기'라고 이름 붙였다.

세 권 모두 예상보다 훨씬 많이 팔렸는데, 《지적 자본론》은 전국적인 판매량도 상당한 듯하여 그럴 법도 했지만 다른 두 권, 특히 《오키나와에서 헌책방을 열었습니다》가 사흘에 한 권꼴로 판매되어 경탄을 금치 못했던 적이 있다.

이외에도 헬렌 니어링의 《조화로운 삶》은 본래 스테디셀러지만, '자연으로부터 배우는 삶'이라고 작게 코너를 만들어 유사한 듯하면서도 서로 다른 책들과 함께 진열하니 유독 성과가 좋았다. 최근에는 《틀리지 않는 법》 《신은 주사위놀이를 하지 않는다》같은 수학 책들이 많이 팔리는 추세를 반영하여, 이달의 스테디셀러에 화이트헤드의 《수학이란 무엇인가》를 진열하고 옆에 《틀리지 않는 법》과 《신은 주사위놀이를 하지 않는다》를 두어 책의 맥락을 음미할 수 있도록 자리를 마련했다. 다시 한 번 강조하자면 이 책들이 '서점발 베스트셀러'가 된 적은 없다.

그런데 가만히 보면, 애석하지만 인정할 수밖에 없는 사실은, 내가 소개하고 싶은 마음이 드는 책들은 대체로 전국적인 베스트셀러가 될 것 같은 책들이 아니라는 것이다. 따라서 나의 보다 구체적이고 현실적인 목표는 '서점발 베스트셀러'보다도 손님들로부터 '최소한의 답장'을 받는 일이다.

베스트셀러만 소개하고 잘 팔릴 것 같은 책들만 진열했다면 아마 묻혀버리고 말지도 모르는 책.

그렇게 묻혀버리고 말기엔 아까운 책.

그런 책들을 손님들에게 어떻게 소개해야 그들로부터

응답을 받을 수 있을까?

어떻게 해야 당신이 이 목소리를 듣고 책을 펼칠 수
있을까?

별것 아닌 진열 하나에도 새삼 절실함이 깃들고 때로 가슴
아파지는 까닭도 실은 베스트셀러가 되지 못한 데 있는 게
아니라 바로 여기에 있다. 이 한 권의 책을 통해 나는
당신에게 말을 건네고 있다.

그러니까 보다 많은 손님에게 소개하고 싶은 그 책이
베스트셀러가 되지 못했다고 낙담할 문제는 아닐 것이다.
물론 내가 소개한 책이 언젠가는 베스트셀러가 되는 일을
머릿속에 그리며 혼자 미소를 머금곤 하는 건 어쩔 수 없다고
하더라도 말이다.

추천의 기술

고작 책 한 권이 무슨 일을 할 수 있겠어

누군가에게 직접적으로 책을 추천하는 일을 썩 좋아하진
않는다.

이렇게 말하기에 앞서 책 추천해드리는 일을 썩 잘하지
못한다.

책 추천 좀 해주시겠어요?

손님이 요청하면 일단 수줍게 미소 짓곤 하는데, 다른 게
아니라 머릿속이 새하얘지는 증상을 겪게 되기 때문이다.
마치 기막힌 책이라도 추천해줄 것처럼 손님이 무안해질
정도로 상당 시간 고심한 끝에 내뱉는 말이라곤 고작,

여기가 베스트셀러 코너입니다. 이 중에서 편하게 고르시면
될 것 같습니다.

그렇게 말하고는 괜히 미안하고 무안해져 손님이 자리를 뜰 때까지도 안절부절못하는 서점원이 바로 나다.

소심한 내 성격도 한몫했겠지만, 처음부터 그랬던 건 아니다. 지금보다 훨씬 명랑한 기운으로, 적극적으로 책을 권해드리던 시절도 있었다. 책을 고르는 데에 책을 읽을 장본인의 취향을 반영하는 일은 무엇보다도 중요할 것이다. 그렇다고 이런저런 사적인 질문들을 던질 수는 없는 일이었으므로, 나는 오로지 나의 취향을 기반으로, 내가 감명 깊게 읽은 책이나 읽어보고 싶은 책을 추천해드렸는데, 아니나 다를까 그게 썩 반응이 좋지 않았다. 그렇게 되면 책을 추천해달라고 요청한 쪽도, 애써 책을 추천한 쪽도 겸연쩍어지는 절망적인 상황이 벌어지기도 했다.

어찌 됐건 다행이라면 다행인 것이 이러한 과정을 통해 내 취향이 일종의 표준일 수 있겠다는 생각은 아예 버리게 되었다.

반면, 신문이나 SNS계정 등을 통해 불특정 다수에게 책을 추천하는 일은 꽤 잘하는 편이다. 이렇게 말하기에 앞서 꽤 즐기는 편이다. 이때의 추천이라는 건 그 성격이 아예 달라져버린다. 말하자면 이때의 추천은 다른 제어할 수 없는 현실의 조건들을 걷어낸 기본적인 일, 그러니까 정말 '책을 소개하는 일'에 가까워지기 때문이리라. 누군가가 직접

추천을 부탁한 게 아니라서 특정한 상대의 취향에 맞춰야
한다는 부담감도 없고, 무엇보다도 추천한 책을 팔아야
한다는 압박에서 자유로워지는 것이다.

　우리 서점 SNS계정에는 서점에 입고된 신간 중 내가
눈여겨본 책들을 많게는 일주일에 두세 번, 적게는 한 번
소개하곤 하는데, 마찬가지로 상대가 불특정 다수이기
때문에 부담감의 나사를 느슨하게 풀고 즐기는 자세로
임하려고 한다.

　어떤 한 사람에게 책을 추천하는 일과 불특정 다수에게
책을 소개하는 일, 마치 이 대립되는 두 가지 항만 존재할 것
같은데 그렇지 않다. 두 가지 항목에 속하면서도 양쪽 모두
아닌, 도발적이고도 괴로운 일에 당면한 적이 있다. 이런
식으로 말이다.

　한 번도 만나본 적 없는 사람에게 책을 추천한다면?

　2015년 동아서점은 지식콘텐츠 스타트업 '퍼블리publy'와
함께 연말맞이 크리스마스 프로젝트를 계획했다. 마음을
전하고 싶은 이에게 선물하는 책을 대신 골라주는
프로젝트였다.

　일명 '맞춤형 책 선물' 이벤트.

　애독가가 아닌 이상 선물할 책을 고르는 일이 쉽지 않기에,
그런 분들을 위해 일종의 편의를 제공하는 이벤트였다.

다만, 무턱대고 책을 고르면 안 될 일이므로 신청자로부터 사연을 받았다. 신청자는 짧게는 다섯 줄부터 길게는 A4용지 한 장에 이르기까지, 책을 선물하려는 사람에 관한 이야기를 글로 적어 서점으로 보내주었다. 나는 그걸 읽고 책을 고르고 짤막한 추천서를 쓰는 일을, 퍼블리는 고른 책과 함께 몇 가지 사은품들을 동봉하여 아름답게 포장하여 발송하는 일을 맡았다.

육십 명 한정으로 크리스마스 에디션과 새해 에디션으로 나누어 신청받았는데, 놀랍게도 금세 마감되었고 나는 사연을 하나씩 출력하여 읽기 시작했다. 그런데 시작부터 난관에 부딪혔다. 신청한 분들의 사연이 내가 예상했던 것과는 달리 대체로 무겁고 침울했던 것이다. 많은 분이 책을 선물하는 기회를 통해 누군가를 깊이 위로하거나 그동안 미처 못했던 화해의 악수를 건네고 싶어 했다. 더 나아가 관계의 회복을, 새로운 희망을 꿈꾸고 있었다. 그리고 그 기회의 실마리를 찾아달라고, 다름 아닌 속초에 있는 이름 모를 서점 사람에게 부탁한 것이다.

위에서 언급한 것처럼 이 일은 즐겁고 모험적이면서도 괴롭고 고통스러운 작업이었다. 사연을 계속 읽어나갈수록 내게 주어진 임무의 무게도 무게였지만, 고작 책 한 권이 무슨 일을 할 수 있느냐고 끊임없이 반문하고 망설이고 있는

자신과 대면할 수밖에 없었다. 하지만 고작 책 한 권이
아무 일도 할 수 없다면 세상의 그 무엇도 아무것도
아닐 거라며, 나는 괴롭다가도 알 수 없는 환희를 느끼며
주어진 일을 했다. 책을 고르고, 고른 책을 바꾸고, 바꾼 책을
다시 바꿨다. 책을 고른 이유를 종이에 하나씩 수기로
작성했다. 그렇게 육십 권의 책을 고르고 육십 통의 편지를
썼다.

책을 추천하는 일을 잘한다는 것은 구매자에게
만족스러운 경험을 제공한다는 뜻일 것이다. 책 추천하는
일을 즐긴다는 것은 대체로 그것을 잘한다는 뜻일 테고, 또한
말 그대로 그 과정에서 즐거움을 느낀다는 뜻이겠다.

책 추천하는 일에 대해서라면, 나는 여기에 한 가지 항목을
더 추가하고 싶다.

이 책, 정말 추천해도 되는 것일까?

이 책을 추천하고 나서도 나는 부끄럽지 않을 수 있을까?

추천하기 전에 마지막 한 번 망설이는 일.

잘하는 것도, 좋아하는 것도 좋지만, 한 번쯤은 멈춰서
망설이며 자문해보는 일.

거창하게 말해서 이것을 책 추천에 관한 윤리라고 불러도
될 것 같다.

서점을 방문한 손님들에게 말씀드리고 싶은 한 가지는

대수롭지 않아 보이는 저 진열에도 매 순간 조촐한
망설임들이 책 아래에 꾹꾹 눌려 있다는 것이다.

직거래와 도매상
떠올리는 것만으로도 고맙고 짠한

서점이 직접 거래하는 출판사 숫자가 많다는 사실은 대체로
그 서점이 높은 수익을 내고 있다는 뜻이기도 하다. 출판사와
서점 간 일반적인 거래의 형식이 '위탁'이라는 점을
고려했을 때, 기대하는 만큼의 수익률을 당장에 보장할 수
없는 서점에 책을 선뜻 내어주기가, 출판사 입장에서
영 개운치 않기 때문이리라. 대형 프랜차이즈 서점은
말할 것도 없고, 규모가 넉넉히 백 평이 넘는, 많은 손님이
오고 가는 유명한 서점이라면 수십, 많게는 수백 군데
출판사와 친밀한 사이일 가능성이 짙다.

　서점이 출판사와 접촉하지 못하면 장사를 할 수 없을까?
다행히도 그렇진 않다. 도매상이 있기 때문이다. 도매상은

오프라인 서점과 출판사 사이를 중개한다. 다른 말로 '총판'이라 부르기도 한다. 물론 도매상으로부터 배송 받는 책의 종수가 많다는 사실이 그렇지 않은 서점, 출판사 직거래가 위주인 서점에 견주어 매출이 적다는 사실 위에 고스란히 포개지지는 않는다. 절대다수의 출판사가 서울 및 수도권에 모여 있는 까닭에 지역 서점들은 저 먼 곳의 출판사들과 자신의 매출에 비례하여 합당한 관계를 맺기 녹록지 않기 때문이다. 하지만 책의 소매 전체 단위에서 바라봤을 때, 온라인 서점이라는 커다란 산맥을 지나고 오프라인 서점 중 대형 프랜차이즈 서점이라는 산 몇 개를 지나고 나서야 겨우 지역 서점에 도달하는 형편이니, 단순히 거리상 멀다는 이유에 편히 기댈 수도 없겠다. 인구가 팔만 남짓인 속초는 오죽하랴.

실제로 우리가 직거래를 제안한 바 있던 ㄱ출판사는, '속초 전체 시장의 규모'를 사유로 일단 시간을 두고 보자며 에둘러 거래를 거절하기도 했다.

출판사와의 핑크빛 직거래와 대조적으로 도매상과 거래하는 일을 회갈색 뒷골목인 마냥 얘기했지만, 꼭 그렇지도 않다. 역설적이게도 도매상과 거래하는 것은 실무자의 관점에서 봤을 때 사뭇 편리한 일이기까지 하다. 무엇보다도 원하는 책을, 원하는 부수만큼 골라서 담을 수 있기 때문이다. 불과 일주일에도 수백 종씩 쏟아져 나오는 신간을 출판사 각각으로부터 직접 배본 받는다면 그 재고를 관리하는 것은 물론이거니와, 책을 계획에 따라 적절히 진열하는 것조차도 힘겨울 수 있다. 그에 비해 필요한 책을 저마다 마땅한 수요에 따라 주문하게 되면 특히 재고 관리의 측면에서 제반 업무를 한결 매끄럽게 가다듬을 수 있다.

우리 서점 또한 대부분 책을 도매상을 통해 주문하고 있다. 단행본은 몸집이 큰 도매상 두 곳과 거래하고 있으며 (2017년 1월 2일, 그중 한 곳이 부도났다), 그 외에 어학 교재와 수험서는 각각 다른 도매상 두 곳을 거치고 있다. 물론 출판사 직거래도 있다. 초중고 학습 참고서를 펴내는 출판사를 제외하면 약 스무 곳의 거래처로부터 단행본을 위탁받고 있다. 위에서 언급한 논리를 그대로 따를 때, 이러한 거래 현황은 우리 서점이 썩 장사가 잘되는 서점은 아니라는 사실을 슬그머니 가리키기도 하겠다. 한 번은 한국서적경영자협의회 임원진들이 서점에 방문한 적 있었는데, 이 같은 사정을 냉큼 알아챘는지 뼈있는 한마디를 던졌다.

아이고. 이거 다 돈인데….

도매상과 거래하는 책들이 '죄다 돈'인 이유는 다음과 같다. 위탁 판매라는 전제 자체는 변함없지만, 죽이 되든 밥이 되든 매달 일정한 금액을 도매상에 지급해야 하기 때문이다. 서점마다 이 금액을 협의하는 기준이 제가끔 다른 것으로 알고 있다. 주로 총 매입 금액의 몇 퍼센트, 잔고의 몇 퍼센트 등을 기준으로 삼는다. 도매상 거래에서 개선되어야 마땅한 것으로 심심찮게 지적되는 공급률 차등 문제도 그것 나름이지만, 가장 막대한 불안은 바로 여기에 있다. 매달 약속된 대금을 속수무책으로 지급해야 한다는 점 말이다. 따라서 대개 약속된 금액에 상당하는 어음을 끊어놓고 몇 달 후에 현금을 지급하는 방식을 택하고 있다. 그 몇 달 동안 자금의 선순환을 이뤄내 어음에 기록된 액수를 마련하지 못하면, 서점은 이른바 부도를 맞게 된다.

　답은 정해져 있는 셈이었다. 직거래를 늘려야 했다. 아버지에 의하면 한때 '아버지의 서점'이 출판사 약 육백 군데와 직거래를 했다고 한다. 검증할 수 없는 사실을 무용담처럼 늘어놓는 게 아닌가 싶었지만, 당시 거래처별 매입과 반품, 그리고 정산에 관한 그 모든 기록이 빽빽이 적힌 낡디 낡은 장부가 아직도 서랍 한편에 있었다. 아버지는 매달 정산 때마다 금액을 손수 적느라 손가락이 부러질 지경이었다고 했다.

　물론 나는 손가락이 부러질 정도까지는 바라지도 않았다. 아니, 차마 바랄 수 없었다. 바라건대, 일주일에 신간 한 권,

많게는 두 권 내는 정도 규모의 출판사, 다만 그 책들의
퀄리티가 유려한 출판사 딱 열 군데와 새로 거래하는 게 나의
목표였다. 그때 생각해둔 출판사가 딱 열 군데 있었다.
하지만 그건 미역을 불리듯이 우리가 늘리고 싶다고 해서
늘어나는 일은 아니었다. 긍정의 답변을 듣는다는 것도 쉽지
않았지만, 답장조차 받을 수 없었던 곳 또한 수두룩했으니까.

  일 년쯤 지났을 무렵부터 알음알음하여 직거래가 새로
움트기 시작했다. 떠올리는 것만으로도 고맙고 짠한 몇몇
출판사로부터 직거래 제의가 들어오기도 했고, 내가 직접
문의했던 출판사와 우여곡절 끝에 거래가 성사되기도 했다.
꼭 직접 책을 받는 게 아니더라도, 일종의 타협점으로서 책에
딸린 증정용 사은품을 상시 보내주는 출판사도 몇 군데
생겼다. 우리가 준비하는 기획전에 진열될 책들에, 해당
출판사가 협업으로 진열 공간을 꾸미거나 디자인해주기도
했다. 신뢰할 수 있는 출판사하고만 관계를 맺는 만큼,
그들의 책을 가장 좋은 자리에 배치하고, 가장 밀도 있게
다룬다는 게 나의 사명이자 모토다. 강원도 어느 바닷마을
서점에서 책이 팔려봤자 얼마나 팔리겠느냐마는, 책 뒤에
새겨진 가격 말고도 다른 무언가가 눈에 어른거린다면, 책에
대한 당신의 그 애정 어린 마음 덕분에 우리 서점은 오늘
하루도 무사히 지낼 수 있었다.

나 홀로 예약
정말로 해드릴까요?

솔직히 말해서 인터넷 서점을 볼 때마다 나를 기죽이는 건
할인이 아닌 예약 판매 제도다. 할인이야 오프라인 서점
사람인 내게 있어 고질병처럼 늘 동행하는 처지지만, 예약
판매 문구와 함께 미리 목차와 표지를 띄어놓은 페이지를 볼
때마다 도무지 그것과 경쟁할 엄두가 나질 않는다.

　기대하고 있던 책을 예약 구매하는 일은 얼마나 큰
기쁨일까?

　그 기쁨이란, 사들인 책을 책장에 꽂는 기쁨과 감히 비견할
만하지 않을까?

　게다가 요새는 예약 제도에 각종 굿즈^{goods}가 덧붙기까지
한다. 노트와 포스트잇 같은 것부터 시작해서 코스터^{coaster}와

머그잔까지. 라면에 양은냄비까지 얹어주기로 했던
어느 힘센 출판사와 온라인 서점의 합작은 나 같은 동네서점
사람에겐 그저 웃어넘겨야 할 일이 되어가고 있다. 울상
지어봤자 봐줄 이 하나 없으므로.

　우리 서점이라고 예약 제도가 없는 건 아니다. 누구든
예약할 수 있다. 문제는 누구든 예약한 책을 운이 좋으면
인터넷 서점과 같은 날에, 그렇지 않으면 대체로 하루 이틀
늦게, 더욱이 정가로 금액을 지급하며 책을 사갈 수 있다는
것이겠다. 나로서도 인터넷 서점에 비한다면 이 상황이
얼마나 터무니없는지 안다. 그래도 혹시나 하는 마음에
여쭤본다.

　예약해드릴까요?

　하지만 곧이어 들려올 대답과는 무관하게, 그저 저 질문을
손님에게 던짐과 동시에 그만 얼굴이 화끈거리고 만다. 저
질문이 사실은 다음과 같은 부사를 생략하고 있는 까닭에
그러하다.

　정말로 예약해드릴까요?

　이토록 막강한 온라인 서점에 대항하여 나만의, 우리
서점만의 가당찮은 무기를 자연스레 개발하게 되었다.
시스템은 상당히 머뭇적거리는 식이고 효과는 매우
지지부진하지만, 그 본래 의미에서 이 역시 '예약제도'라고

부를 만하다. 핵심은 아무도 그것을 모른다는 점이다.

매일, 아침저녁 할 것 없이 틈이 나는 대로 신간 목록을
살펴보는 일상. 경력이라고 불러도 좋을지 확신이 서지 않는
시간이 차츰 쌓이며, 어떤 책들은 주문하면서 일찌감치
그 책을 구매할 손님이 머릿속에 그려진다는 것을 깨달았다.
물론 자주 방문하시는 손님들에 한해 그러한데, 그 한 분
한 분의 책 구매 역사가 어쩔 도리 없이 내 기억에 새겨지기
때문이리라. 그렇다. 빅데이터도 아니고 엑셀도 아닌, 오로지
나의 머리 한편에 각인된 기억의 힘으로 나는 손님들을
대신해 그분들이 '구매할지도 모를' 책들을 예약한다. 그것을
나는 '나 홀로 예약제도'라고 부른다. 병적으로 심할 때는
한 권 들여놓을 요량인데도,

참, 그분이 사가실 텐데….

한 권 더 추가하기도 한다. 성공률부터 말하자면 매우
낮다. 아무리 단골손님이더라도, 아무리 그분의 취향을 내가
꿰뚫고 있다 자신할지라도, 애초에 나는 용한 예언자도
유능한 인공지능도 아니다. 거의 확신했던 그 책을 정말로
그분이 구매할 때도 있지만, 그분께 이어져야 할 책이 철저히
외면당하는 경우도 종종 있다. 그럴 때면 공연히 '발견'되지
않아서라고 혀를 끌끌 차며 책을 이곳저곳에 포진해 놓기에
이른다. 결국, 나의 잘못된 계산으로 결론이 나지만, 그렇게

진열한 책이 어쩌다 전혀 다른 손님에게 이어지는 경우 또한 퍽 허다하다. 어떤 과녁이든 맞기만 하면 되는 것 아니겠냐며, 그때의 기쁨 또한 적지 않아 당최 이 예약제도를 멈출 수가 없는 노릇이다.

얼마 전 마음에 품어오던 출판사와 새로 거래를 시작하게 되어, 책들을 진열하며 생각했다.

그분이 분명 살 것 같은데….

내 상상 속에서만 예약된 손님은 며칠째 발길이 뜸한데, 괜히 진열에 더 박차를 가하게 된다.

눈에 잘 안 띄나?

더 잘 보이게 여기에 안내 문구를 써 붙여야겠군.

저 자리보단 이 자리가 더 좋겠다.

아니야. 두 곳 모두 진열해야 쉽게 찾으실 수 있을 거야.

그런데 이 각도 보다는 이 각도가 아무래도….

마침내 오늘 기다리던 손님이 왔다. 브라보. 그분은 정말로 나 홀로 예약한 책을 샀고, 나는 표정에서 일말의 미동 없이, 아무렇지 않은 듯 책을 봉투에 담아 드렸다. '나 홀로 예약'한 사실에 대해선 결단코 모른다는 듯이 시치미를 뚝 떼고 앉았다. 이 괴상한 예약제도는 축하 방식 또한 괴상하다.

독립출판물

우리 서점에 오는 한 가지 이유

'동아서점'이라는 이름에서 알 수 있듯이 우리 서점은
'종합서점'이다. 분류법에 따라 '지역서점'이 될 수도 있고,
대형 자본으로부터 독립되었다는 의미에서 '독립서점'이 될
수도 있겠지만, 짧지 않은 세월 동안 의지를 품고 고수해 온
기본적인 태도 하나가 있다면 그건 바로 '종합서점'이라는
정체성일 것이다. 종합서점이라는 건 쉽게 말해 '그냥
서점'이라는 뜻이기도 하다. 한국에서 '서점'이라고 했을 때
쉬이 머릿속에 그려지는 그냥 서점. 인문, 사회부터 자연과학,
문학, 예술까지 또한 실용서부터 수험서까지 모든 분야의
출판물을 다루는, 늘 우리 주변에 당연한 것처럼 존재해 왔던
그 서점들이 대체로 종합서점이라고 할 수 있겠다.

이를테면 우리 서점을 방문한 손님은《해법 초등 수학》과 《기술복제 시대의 예술 작품》과《저울이 필요 없는 폭신폭신 팬케이크》를 한 번에 구매할 수 있다.

서점을 새로 꾸미고 반년쯤 지난 초여름의 어느 날, 종합서점이라는 우리 서점의 정체성을 살짝 흔들어놓는 한 가지 사건이 발생했다. 대수롭지 않게 메일함을 열었는데 '책덕'이라는 1인 출판사에서 펴낸 귀여운 책 《미란다처럼》의 입점 문의가 들어온 것이다. 당시만 해도 1인 출판물이나 독립출판물에 어떻게 사업적으로 접근해야 하는지 아는 바가 없었고, 따라서 우리 서점에서 독립출판물을 판매하는 일에 대한 구체적인 계획이나 대책도 없었다. 그럼에도 당시 인터넷 어딘가에서 책 《미란다처럼》의 정보를 듣고 알고는 있었던 까닭에, 그렇게 독립출판물 제작자와 실제로 연락을 주고받게 되었다는 것 자체가 아마추어 서점원인 나로서는 그저 신기할 따름이었다.

망설일 것도 없이 일단 1인 출판사 '책덕'과 거래를 시작하기로 했다. 즉, 우리 서점 서가 한 자리에 《미란다처럼》이라는 책이 놓여 있게 될 터였다. 이때만 해도 서점의 정체성이나 방향성에 관한 고민은 온데간데없이, 한동안 설레는 기분에 심취해 있을 뿐이었다.

이제 앞으로의 방향을 조금 고민해봐야 할 텐데, 한 달쯤 지났을까? 얼마 지나지 않아 독립출판사 '엣눈북스'의 제작자분들께서 우리 서점에 찾아와 주었다. 방문의 끝자락엔 그때까지 출간된 엣눈북스의 책 네 종을 샘플로 보여주었는데, 압도적으로 매혹적인 책들이었다. 그렇게 뜻밖의 일에 얼떨떨해하며 또 하나의 새로운 거래를 맺게 되었고, 더 늦기 전에 본격적으로 독립출판물에 대한 고민을 시작하지 않으면 안 되었다.

서울에 거주했던 2006년부터 2013년까지에는 독립출판물을 다루는 서점이 지금처럼 많이 활성화되어 있진 않았다. 살던 지역 근처에 '유어마인드'라는 유명한 독립출판물 서점이 있어서 이따금 들르곤 했는데, 그저 취미 생활의 일부였을 뿐 출판계나 서점계에 대한 학습 차원에서 방문해본 적은 없었다. 그런데 어느 날 서점을 운영하는 처지에 놓여 있게 되다 보니, 그 시절 서점에 들렀던 기억들이 여간 아깝고 소중해지는 것이 아니었다. 그때 조금 더 자세히 보고, 하다못해 사진이라도 찍어둘 걸 하는 후회가 막심했다.

속초에는 우리 서점을 포함해 서점이 총 세 군데가 있는데, 물론 독립출판물을 취급하는 서점은 없었다. 겉으로 보이는 바로는 그런 속초의 서점 환경에 심각한 문제가 있어 보이는

것도 아니었다. 그냥 그대로도 괜찮아 보였다. 하지만
생각해보았다.

혹시라도 속초 사람들이 독립출판물에 미세한 관심이라도
있다면?

어느 날 뉴스에서 서울에, 그리고 이젠 지방에도 우후죽순
생기고 있는 독립출판물 전문 서점 상황에 대해
이야기하는데, 그걸 보고

독립출판물은 뭘까?

궁금해하는 손님은 대체 어디서 그 욕구를 해결할 것인가?

불현듯 그 욕구가 조금이나마 이 지역 내에서
해소되었으면 좋겠다는 생각이 들었다.

독립출판물 제작자가 우리 서점에 관심을 두고 입점 문의
연락을 해온다는 사실이, 우리 서점에서 독립출판물을 비록
소량이더라도 판매한다는 사실이, 그제야 새로운 차원의
현실로 피부에 와 닿았다. 그 다음 날 즉시 별도의 공간에
독립출판물 매대를 꾸미기로 했다. 〈비밀독서단〉이라는
프로그램이 한창 성행하여 몇몇 책들이 불티나게 팔리던
그때, 거기서 소개된 책들을 따로 매대를 두고 진열했는데,
얼토당토않게도 나는 그 매대를 독립출판물 코너로
사용하기로 했다. 매대는 서점 정중앙에 있었다.
무모하더라도 일단은 해보자는 생각이었다.

구매로 이어지는 게 가장 이상적이겠지만 꼭 구매로
이어지진 않더라도, 방문한 손님들이 독립출판물 매대에
잠깐이라도 머무르는 모습을 볼 때마다 절로 흐뭇했다.
어떻게 베스트셀러도 아니고 독립출판물 매대를 매장
한가운데에 둘 수 있느냐고 어리둥절해하는 분들도 있었다.
종합서점에서 독립출판물까지 만날 수 있어 재미있다고
말해주는 분도 있었고, 심지어 앞으로 새로 들어오는
독립출판물은 없냐며 생전 처음 보는 책들을 문의하는 분도
있었다.

바라건대, 독립출판물 매대 앞에 잠시라도 머물렀던
분들에겐 그 매대에 놓인 책을 고르진 않더라도, 그 장소가
앞으로 우리 서점에 꼭 방문하고 싶은 이유 중 하나가
되었으리라 감히 짐작해본다.

조금씩 거래가 늘어, 이제 우리 서점에서는 약 열 종의
독립출판물을 판매하고 있다. 이 책들은 다른 책들이 비좁은
자리를 두고 서로 부대끼고 경쟁하는 동안에도, 여전히 매장
한가운데에서 비교적 서로 널찍한 간격을 두고 가지런히
진열되어, 다른 책들이 누리지 못한 호사를 누리고 있다.
제작자분들께 매달 죄송하고도 고마운 마음을 어떻게든
메일로 전해 드리려고 하지만, 이 자리를 빌려 말씀드리고
싶다.

여러분의 책은 여기에 아주 잘 놓여 있어요.

강원도 속초라는 작은 도시에 있는 어느 서점에서 환한 빛을 발하고 있어요.

당신들은 대다수 사람과는 다른,

비범한 라이프스타일을 지닌 사람들이다

누구나 멋진 사람을 동경하게 마련이다

그래서 나는 당신들을 존경한다

도시의 공원
얼토당토않은 무언가

출판사 '마음산책'에서 2015년 1월에 출간한 책
《도시의 공원》은 내게 퍽 귀중한 책이다. 이유인즉슨 내가
이 책을 잊을 수 없었고, 아마 앞으로도 잊을 수 없으리라
믿고 있기 때문이다. 책에 얽힌 드라마틱한 에피소드가
있는 건 아니라는 점을 미리 밝혀둔다.

이 책은 현재까지 우리 서점에서 딱 한 권 팔렸다. 게다가
이 책은 장르를 분류하기가 영 애매하다. 심지어 가격까지
이만육천 원으로 비싸다. 나는 다소 확신에 가깝게 이렇게
말할 수 있다.

세상에 두 종류의 서점이 있다면, 그건 《도시의 공원》이
있는 서점과 《도시의 공원》이 없는 서점이다.

여러분의 동네 근방에는 크든 작든 공원이 있을 것이다. 하지만 근처 동네서점에 이 책《도시의 공원》이 있으리라고 장담은 못하겠다. 인터넷 서점에 적힌 출판사 서평을 옮겨 적어보자.

세계적 명사 열여덟 명이 기록한, 공원에 얽힌 사적인 이야기.

백십이 장의 사진으로 보는 도시 공원의 정수, 도시 공원의 효율성.

더 보탤 말이 없을 정도로 정확한 책 소개 문구다.

《도시의 공원》은 정말 그런 책이다. 빌 클린턴 미국 전 대통령, 건축가 노먼 포스터를 비롯한 세계의 명사 열여덟 명이 자신만의 특별한 공원을 소개하는 책이다. 목록 중엔, 많은 분에게 익숙한 파리의 뤽상부르 공원에서부터 다소 생소할지도 모를 모스크바의 고리키 공원까지, 세계 곳곳의 공원의 모습이 글과 사진으로 담겨 있다.

만일 당신이 서가에 꽂힌 이 책을 우연히 발견했다고 가정해보자. 당신은 이 책을 집어들고 펼친 후, 잠시 그 내용을 살펴볼 참이다. 그 상황에서부터 책을 구매하는 데 이르기까지, 분석이 쉬이 가능치 않은 여러 요인이 있겠으나, 대체로 '공원'이라는 첫 관문을 통과해야 한다는 데에는 큰 이견이 없을 듯하다. 책이 '도시의 공원'에 대해

때로는 낭만적으로, 때로는 전문적으로 다루고 있는 까닭에, 적어도 이 책을 구매하거나 읽을 누군가는 '공원'에 관한 얼마간의 관심이나 사소한 추억이라도 마땅히 가지고 있으리라 여겨진다.

그렇다. 이 책은 나의 첫 신간이었다. 다시 말해, 내가 서점원으로 일한 후 처음으로 주문한 신간이 바로 이 책, 《도시의 공원》이었다.

처음 주문한 신간이 서점에 도착했다는 사실이 이렇다 할 감흥으로 다가온 건 아니었다. 우선 해야 할 일이 너무 많아 정신이 없었고, 내 머릿속에 '신간'이라는 것에 대한 개념조차 제대로 정립되지 않은 시점이었다. 나는 되는대로 입고된 책들을 진열했고, 일주일 남짓 지난 어느 날의 망중한 도중에 우연히 《도시의 공원》과 눈을 마주치게 되었다.

여러분도 책의 겉모습을 보게 된다면 필히 공감하겠지만, 책의 커버가 압도적이다. 양장본의 표지는, 어느 이국적인 공원에서 한가로이 누워 휴식을 만끽하고 있는 커플 한 쌍을 흑백 사진으로 구현했다. 당시 속초로 귀향하고 두 달째 일체의 휴일 없이 풀타임으로 근무하느라 눈 밑이 거뭇해져 있던 내게, 이 사진은 마치 내 과거의 행복했던 어느 날을, 돌아가려야 갈 수 없을 뿐더러 앞으로 언제 다시 올지 기약조차 할 수 없는 아름다운 옛 시절을 고스란히 이미지로

옮겨놓은 듯했다. 나는 순식간에 저 이미지에 사로잡혀 책을
집어들었다.

지나간 내 옛날의 어떤 지혜로운 실마리라도 혹시 숨겨져
있는 게 아닐까?

나는 구걸하듯이 책의 한 장 한 장을 탐독해 내려갔다.
귀가한 후에도 책을 손에서 놓지 못했다. 하지만 위대하신
열여덟 명의 명사들은 얄미운 스승님처럼 나와는 무관한
자신만의 공원 얘기에 한창이었다.

그리운 나의 지난날을 돌이켜볼 참으로 무작정 책을
집어들었지만, 결과적으로 나는 이 책에서 나의 옛날에 관한
그 어떤 연상도 해내지 못했다. 나는 다만 세계의 공원
사진들을 감상했고, 그 공원들의 생김새를 머릿속에
새겨넣었다. 회상에 잠기기는커녕 책의 끝자락에 도달했을
때는, 이제 나의 호시절은 완전히 끝나버렸다는 확신마저
드는 것이었다.

앞서 이야기했듯이 이 책은 분류하기가 영 마땅치 않은 게
사실이다. '여행'이 먼저 떠오르지만 물론 아니고, 공원에
얽힌 경험, 그것에 관한 단상이 적혀 있으니 '에세이'에
분류할 수 있을 것도 같다. 사진이 차지하는 비중이 큰
책이라 '사진' 코너나 그 하위에 '사진 에세이'에 분류할 수도
있겠다. 물론 이러한 분류를 모두 거부하면서도 기발하게,

운영자만의 주관과 맥락 위에 새롭게 책을 분류할 수도 있을 것이다. 어찌 됐건 이 책이 그 분류법에 있어서 이견의 소지가 충분하다는 건 거의 자명해보인다.

그래서였을까. 지금 이 책은, 우리 서점의 '건축' 서가에 꽂혀 있다. 책을 다 읽고 난 나만의 결정이었다. 여러 분야에 발을 걸쳐두고 있지만, 이 책은 말 그대로 '도시의 공원'에 관심이 있거나, 보다 넓게는 '도시 조경'에 관심 있는 사람들에게 이어지는 게 합당하다고 판단했기 때문이다. 하지만 무엇보다도 나처럼 누군가, 전혀 얼토당토않은 무언가를 기대하고 이 책을 펼쳐보게 될지라도, 그 누군가가 꼭 이 책을 '건축' 서가에서 발견하길 바란다. 그가 바라는 게 무엇이든, '에세이'도 '사진'도 '여행'도 아닌, 터무니없게도 '건축'에서 말이다. 그 때문인지 이따금 '건축' 서가 앞을 지나가며 《도시의 공원》이라고 적힌 제목과 눈이 마주칠 때마다, 그 대상이 나 자신인지 책인지 모를 조금은 안쓰러운 마음으로 속절없이 책등을 어루만져보곤 한다.

아버지의 자리

그 아저씨 어디 있어요?

아버지와 어머니, 조숙한 딸과 뾰로통한 아들. 한 가족이
서점에 왔다. 허리가 굽은 할머니가 문을 열고 뒤따랐다.
삼대 가족이 서점에 온 것이다. 나는 곧장 그들의 '컬렉션'이
궁금해진다. 그들이 각각 책 한 권 이상 구매할 때 그 책들의
목록을 나는 컬렉션이라 부른다.

　할머니와 할아버지가 고르는 책, 아버지와 어머니가
고르는 책, 딸과 아들이 고르는 책 등이 각양각색일수록,
어떤 카테고리로도 도저히 묶을 수 없는 그 목록을 비로소
하나의 봉투에 담는 순간 어떤 희열을 느낀다. 말하자면
《최고의 당뇨병 식사 가이드》와 《신자유주의의 위기》와

《김미경의 인생미답》과《구스범스 호러특급》이 몽땅 하나의
봉투에 들어가는 것이다. 이걸 보는 일은 실로 짜릿한
경험이다.

새로 온 책들을 정리하며 과연 그들의 컬렉션은 무엇일까
속으로 궁금해하고 있었는데, 삼대 가족의 할머니가 내게
다가온다. 할머니는 허리가 몇 도 가량 굽었고 무표정한
얼굴에 주름이 가득했다. 내게 다가오던 그녀가 어느
지점에선가 멈춰야 할 텐데, 이상하게도 걸음을 멈추지
않았다. 기껏해야 몇 초 될 법한 짧은 찰나였지만 내가
당황할 시간은 충분했다. 그녀는 매장 한가운데서 책을
정리하고 있던 나에게, 서로의 숨이 느껴질 정도로 가까이
다가와서는, 나의 셔츠를 움켜잡았다. 그러고는 이렇게
말했다.

그 아저씨 어디 있어요?

나의 당황스러움과 일말의 불쾌함을 표현하기 이전에,
그녀의 눈빛에서 일종의 절박함이 느껴졌다. 단언할 수
없지만, 그녀는 이런 종류의 행동을 서슴지 않는 사람처럼
보이진 않았다. 그녀는 어떤 절박함에 이끌려 나의 옷자락을
붙잡은 것만 같았다. 나는 셔츠를 붙잡힌 채로 조금 더
할머니의 얘길 들어보기로 했다.

키 큰 아저씨 있었잖아요. 그 아저씨 어디 있어요?

나 그 아저씨한테 얘기해야 하는데….

　뒤이어 이렇게 말했는데, 그녀가 금방 울음을 터뜨릴 것만
같아 이젠 나조차도 촉박하게 그녀의 질문을 독해하려
애쓰는 지경에 이르렀다. 할머니께선 '아저씨'라고 지칭되는
한 남성을 찾고 있었다. 여기서 일하는 사람을 말하는 것
같기도 했다.

　혹시 그 '아저씨'가 나의 아버지일까?

　그렇다면 할머니는 아버지와 먼 친인척인가?

　그런데 친인척이라면 대체 호칭이 왜 '아저씨'일까?'

　어찌 됐건 결론은 하나인 듯했고, 급한 대로 주위를
둘러보았는데, 아버지는 보이질 않았다.

　아버지를 찾으러 계산대에, 그리고 화장실에 가보았다.
어디에도 없었다. 멀리 할머니를 바라보니 그녀는
두리번거리며 혼잣말했다.

　그 아저씨가 있어야 하는데….

　그 순간만큼 우리 서점이 커 보였던 적은 없었다. 광활한
우주를 홀로 떠다니는 비행사처럼 그녀는 서가와 서가
사이를 쓸쓸하면서도 절박하게 헤매고 있었다. 할머니의
가족들은 저마다 한구석에서 책을 고르는 데 여념이 없었다.

　아버지가 뒷문을 열고 들어왔다. 급하게 은행에 다녀오는
길이라고 했다.

누가 아버지를 찾아요.

나는 아버지의 손을 잡고 다짜고짜 할머니가 있는 곳으로
데리고 갔다. 아버지는 어리둥절해하며 한 손에 통장을 든 채
서점 정중앙으로 끌려가다시피 했다. 그 와중에 나도 모르게
〈TV는 사랑을 싣고〉라는 옛 TV프로그램을 떠올렸다.

아저씨! 어디에 계셨어요! 제가 한참 찾았잖아요!

할머니가 어찌나 힘찬 목소리로 아버지를 맞았는지,
매장의 모든 손님의 이목을 집중시켰다. 그때부터 그녀는
순진한 학생처럼 아버지에게 자신이 찾는 책을 설명하기
시작했다. 좀 전의 불안은 온데간데없이 한없는 안도감으로
미소 짓고 있었다. 아버지는 얼떨떨한 듯 쭈뼛해하며 그녀를
안내했다. 할머니는 순종적으로 아버지 뒤를 따라가서
싱글벙글 웃으며 책을 골랐다. 2015년도 책력과 꿈 해몽에
관한 책.

아버지는 올해 예순네 살이다. 손님을 앞에 두고 책을
계산하는 속도가 다소 느리고, 목소리마저도 희미해져 잘
들리지 않는다.

아버지를 찾는 손님이 다 있네요.

나는 짓궂게 놀릴 심산이었는데 아버지가 겸연쩍은 듯
자진하여 '자학의 시'를 읊는다.

거참. 살다 보니, 나를 찾는 분이 다 계시네. 이렇게

늙어빠진 나를….

나는 웃어넘겼지만 못내 흐뭇했던 내 심정을 전하진
못했다.

시간이 흐르면 언젠가 나에게도 할머니와 같은 손님이
생길까?

할머니와 가족들은 각자 고른 책을 계산하고 나갔다. 나는
잠시 그들의 컬렉션에 대해 까마득히 잊고 있었다.

옛날 손님
저 지금 잘하고 있습니까?

옛 동아서점 시절부터 단골인 범상치 않은 손님들이 있다. 그들은 여전히 우리 서점의 단골이다.

장발을 한 남성 S. 누가 보기에도 그는 음악을 업으로 삼고 있을 것 같은데 실제로도 그렇다. 긴 머리카락을 풀어놓을 때도 있고 뒤로 넘겨 포니테일로 묶을 때도 있다. 여름에는 선캡을 착용하기도 한다. 이동수단은 주로 자전거다. 그는 시집과 에세이 위주로 책을 고르는데, 옛 동아서점에서 절판된 시집들 발견하는 일이 그렇게 기뻤다고 한다. 공지영 작가의 열혈 팬으로 짐작된다. 한 달에 한 번 꼴로 서점에 방문하며 상당한 시간을 들여 신중히 책을 고른다.

짧은 머리를 한 중년 남성 C. 책값이 얼마가 되든 꼭 현금으로만 책을 결제한다는 것을 빼면, 그에 대해 추측할 수 있는 거라곤 없다. 약간의 과장을 보태어 그는 나에게 전설 혹은 미스터리 같은 존재다. 아버지의 말에 따르면 그가 한국에 출간된 거의 모든 바둑 도서를 옛 동아서점에서 사갔다고 한다. 나의 아버지 또한 바둑에 견문이 있던 터라, 이따금 서점에서 그와 바둑에 관한 얘기를 나눈 적이 있었고, 옛 서점에 있던 바둑 책을 몽땅 사가는 것부터 시작해, 절판된 바둑 책들까지 수시로 아버지에게 구해달라고 요청했다고 한다. 아버지는 총판과 출판사 여기저기를 수소문해 그가 찾던 바둑 책을 구해주었고 그는 그렇게 단골손님이 되었다는 이야기. 현재 그는 달포에 한 번 정도, 다소 불규칙적으로 서점에 온다. 그가 평전을 주로 구매했던 까닭에 나는 아예 서점에 '평전' 코너를 따로 만들었다. 물론 더는 바둑 책은 구매하지 않는다.

색 있는 안경을 쓴 할아버지 L. 그는 다소 세련된 방식으로, 방문 전에 꼭 전화를 걸어 미리 책의 재고를 파악한다. 책이 없을 땐 미리 주문해 둔다. 지팡이를 짚고 서점에 오는데, 연세가 팔십 중반은 족히 넘어 보인다. 걸음이 더디고 지갑에서 지폐를 꺼낼 때 손을 얼마간 떨기까지 한다. 그런데도 한 달에 한 번은 거르지 않고 방문해서 최소 두 권 이상의 책을 구매한다. 분야는 인문, 소설인데 심심찮게 목침처럼 두꺼운 책들을 고른다. 지긋한 연세에도 독서에 대한 열정이 나보다도 강한 것만 같아, 뵙기만 하면 어쩐지 내 젊음이 초라하게 대비되곤 한다.

여자 손님은 없다. 새삼스러운 건 아니다. 내가 여자라도 옛 동아서점에 애정을 갖고 주기적으로 방문하긴 힘들었을 것 같다. 웬 허름한 작은 서점에 나이가 지긋한 아저씨 혼자 앉아 있고 용기를 내어 들어가보니 그냥 앉아 있는 게 아니라 졸고 있다. 그 뒤에 TV가 놓여 있고 단행본 매장은 지하에 있다. 여기에 대해 더 말할 필요는 없을 것 같다.

어쨌거나 옛날부터 지금까지 우리 서점을 찾고 있는 저 손님들과 마주할 때마다, 그들이 지금의 모습으로 바뀐 우리 서점을 어떻게 생각할까 궁금하다.

책들이 훨씬 많고 동선이 한결 넓어져서 쾌적하다고 느낄까?

깔끔하고 현대적인 서점의 짜임새가 영 생소하고 정감이 부족하다고 할까?

책들이 전보다 세세하게 분류되어 책 고르는 재미가 더해졌을까?

이곳저곳 써 붙인 손글씨 메모들이 정신없고 성가시게만 느껴질까?

그들의 표정 하나, 손짓 하나에서 작은 실마리라도

찾아내고 싶지만 일이 좀처럼 쉽지 않다. 그들은 어떤
의미에선 나보다 우리 서점을 더 잘 알고, 그렇기에
포커페이스다. 어느 날엔 유독 그들이 찾는 책마다
족족 없고, 다른 날엔 운 좋게도 책은 있는데 내가 책을
찾질 못한다. 감정을 표정에 드러내고야 마는 쪽은 언제나
내 쪽이다.

그들이 서점 문을 열고 들어와 서가 곳곳을 걸어 다니며
책을 살펴보고 책을 골라 계산대로 오는 일. 슬로모션처럼
느껴지는 일련의 과정에서, 나는 손님이 아닌 증인과
마주하고 있는 듯한 착각에 빠지곤 한다.

네가 모르는 세월 위에 너는 지금 서 있다.

그들은 그저 책을 고르고 살 뿐인데, 나는 시간의 심판대
위에 자진해서 나 자신을 올리고 만다. 그리고 묻는다.

저 지금 잘하고 있습니까?

돌아오는 대답은 없으므로 나는 그들의 다음번 방문으로
대답을 유예한다.

언제까지라도

저 역시 침이 고입니다

외국인이 한국에 와서 체감하는 한국 문화(?) 하나는 바로 '매장에서 밥 먹기'라고 한다. 어떻게든 타인에게 피해를 주지 않으려는 일본이야 그럴 법도 하지만, 놀라운 건 서방 국가들에서조차 자영업을 하는 매장에선 밥 먹는 일은 좀처럼 벌어지지 않는다는 것이다.

　물론 한국도 사정이 점차 바뀌는 추세라, 일단 프랜차이즈 직원들이 매장에서 식사하는 건 아예 찾아볼 수 없다. 2015년 출판사 '와이즈베리'에서 출간된 《생각의 해부》에서, 시몬 슈날의 〈청결감과 판단〉 파트를 보면 이와 관련한 이슈가 친절하게 적혀 있다. 그에 따르면 우리가 때로는 합리적 기준을 바탕으로, 때로는 우연한 통찰에 의해서 판단한다고 여기는 수많은 결정이 실은 '청결감'이라는 요소와 밀접히 연관되어 있다고 지적한다. 깨끗한 공간에 있으면, 알게 모르게 그 공간으로부터 심리적인 영향을 받고, 그것이 후에 선택의 순간에까지 작용한다는 것이다.

개인 영업장도 이에 맞춰 늘 쾌적한 매장 환경을 유지함으로써 방문한 고객들로 하여금 믿음을 주게끔 하는 추세다. 동시에 그러한 추세가 완전히 자리 잡기까지는 앞으로 좋이 수년의 시간이 걸릴 것으로 짐작된다. 점심시간 즈음해서 길을 걷다 아무 상점이나 들어가보면, 이와 같은 사실을 어렵지 않게 체험할 수 있다. 단 한 명이 매장을 관리해야 하는 까닭에 교대할 수 없는 형편이 압도적으로 많을 테지만, 무엇보다도 '밥은 함께' 먹어야 한다는 한국 사람만의 모종의 강박이 여기서도 약간은 적용되지 않았나 싶다. 점심시간에 과감히 문을 닫는다는 게 여전히 쉽지 않은 고된 현실 또한 이에 한몫하고 있을 것이다.

멀리 갈 것도 없이 우리 서점이 그랬다. 아닌 게 아니라 매장을 새로 가꾸기 전 옛 서점, '아버지의 서점'에서 우리는 종종 음식을 먹었다. '우리'라고 쓴 이유는 이따금 고향에 내려와 서점을 방문한 나 역시 공범이었기 때문이다. 재차 강조하지만, 그곳은 '서점'이라고 했을 때 우리 머릿속에 그려지는 평범한 공간이 아니었다. 그곳은 규칙과 질서가

물렁물렁해져 있었고, 그런 까닭에 손님은 그 무법한 공간에서 자신만의 단단한 기준을 세우지 않으면 안 되었다('아버지의 서점'에 갇혀버린 그 손님을 기억하자). 흥망성쇠 중 흥성이 지나가고 난 뒤에 남은 흔적. 오프라인 서점의 총체적인 쇠락이 다름 아닌 그곳에 고스란히 고여 있었다.

그렇다고 아예 한 끼 식사를 해결한 건 아니었다. 그것은 거의 무방비 상태의 서점에서도 아버지의 몇 남지 않은 원칙 중 하나였다. 당신은 잠시 문을 닫는 한이 있더라도, 서점 안에서 끼니를 때우진 않았다. 다만, 간식을 먹곤 했던 것인데, 과자, 빵, 커피, 차 등 말 그대로 '간소하게 먹을 것'이 대부분이었지만, 한 끼 식사에 준할 정도로 호화로울(?) 때도 드물지 않게 있었다. 김밥이나 만두, 떡볶이, 순대 등의 분식류를 매장에 펼쳐놓고 먹었던 적도 있었는가 하면, 가족 중 누군가 막 조리한 음식을 약간 덜어 계산대에 놓고 먹는 일도 심심찮게 있었다. 눈에 보이지 않는 음식 냄새가 매장에 자욱이 퍼져 있어 우리 모두 마음 한구석이 개운치 않았지만, 그보다 서러운 건 그 약간의 죄책감에도 준할 만한 약간의 손님마저 없었다는 점이다. 언뜻 악순환처럼 보이는 이 공동 범죄를 늘 가능케 했던 것도 사실상 늘 손님이 없기 때문이었다.

시간을 더 거슬러 올라가면 일이 한층 심각해진다. 내가 기억하는 1990년대 우리 서점 풍경 중 하나는, 거래처별 영업사원들이 방문할 때마다 서점에 재떨이를 두고 그들과 함께 담배를 뻑뻑 태우던 아버지의 모습이었다.

지금으로서는 상상도 하기 어렵지만, 그땐 정말 그랬다. 그때 매장 한편에 변함없이 놓여 있던 철제 스탠드 재떨이가 아직도 내 기억 속에 선연하다. 그 안에 수북이 쌓인 회색빛 잿더미들은 아버지의 수염만큼이나, 어렸던 내게 늘 멀고 따가웠다.

서점을 새로 가꾸며 나는 '매장에선 절대 음식 섭취 금지'라는 강령을 내세웠다. 일손이 허다하게 부족하여 식사 교대하기가 여의치 않은 상황이 적지 않았지만, 단 한 번도 뜻을 굽히지 않았다. 매장에서의 식사를 금지했다. 정 인원이 없을 땐 혹여나 방문할 손님에 대비하여 매장 바깥에 이 단짜리 구루마를 식탁 삼아 밥을 먹을지언정 매장 안에서는 결단코 안 되었다. 잠깐 마시는 커피조차도 손님의 눈에 띄게 하지 않으려고 뒤편에 숨겨두곤 했다.

마치 그렇게라도 하면 쇠락의 길로 접어든 옛 서점의 기억을 잊을 수 있는 것처럼.

모두가 얘기하는 '서점 불황기'로부터 애써 고개를 돌릴 수 있는 것처럼.

나는 현재의 우리에게 빡빡하고 엄격하려고 안간힘을

썼다.

서점 근처에 맛있는 만두집을 하나 발견했다며 아버지께서
만두를 사왔다. 포장을 푸는데 뜨끈뜨끈한 만두가 통통하고
뽀얀 자태를 뽐내며 서로 부대끼고 있었다. 나는 역시나
단호하게 말했다.

절대로 여기선 안돼요. 방에 들어가서 교대로 먹고
나옵시다.

이런 나에게 혀를 내두르면서도, 그러나 아직까지도
단념하지 못한 아버지의 오묘한 표정이 뒤를 잇는다. 나는
속으로 아버지에게 말한다.

아버지, 솔직히 말해 저 역시 이 순간 침이 고입니다.

그다음엔 나 자신에게 말한다.

언제까지라도 초심을 잃지 말지어다.

명문당
곧 오시겠지

서점을 옮기고 얼마간은 손님이 오질 않아 서점 안이 쥐 죽은
듯 고요했다. 실제로 내게는 영겁의 시간으로 느껴졌다.
현수막을 거는 등 여타 광고를 일절하지 않았기 때문에
지인이나 근처에 사는 주민이 아니라면 어지간해선
우리 서점의 소식을 모르는 게 자연스럽기도 했다. 그러나
존립이 위태롭던 그 시절에도 서점에 가뭄이 일라치면 얼핏
방문하여 싱싱한 단비를 뿌려주시던 분이 계셨다.

그는 나이가 팔십은 족히 넘어 보이는 노인이었다. 여느
노인과는 다르게 키가 백팔십 센티는 될 정도로 훤칠했고,
이가 빠져 웃을 때마다 듬성듬성한 까만 빈틈이 보였다.
서점을 옮기기 전에도 옛 공간에 몇 차례 방문한 적 있었는지,

유독 아버지만 보면 반가움을 금치 못하고 서점이 쩌렁쩌렁 울리도록 힘차게 인사하는 것이었다. 우렁찬 목소리 덕분에 엿들을 마음 없이도 듣게 된 몇 마디 대화에 따르면, 오래전 우리 할아버지와 조금 친분이 있는 사이인 듯도 했다.

물론 노인의 방문 목적은 안부 인사가 아니라 책을 고르고 사기 위해서였다. 그는 '명문당'이라는 출판사에서 출간되는 책들, 그러니까 글에 한자가 많이 포함되어 있어 나 같은 사람은 제목조차도 해독하기 힘든, 색상이 초록색으로 통일되어 디자인은 다소 예스러우며, 대개 동양 고전과 동양 철학을 다루는 책들을 주로 구매했다. 이따금 지도를 구매하기도 했지만, 그 또한 당신이 공부하고 있는 풍수지리를 실제에 적용해보기 위해서라고 했다.

노인은 한 달, 혹은 두 달에 한 번꼴로 방문했다. 책을 한 번 구매할 때마다 꽤 여러 권씩 구매했는데, 권수의 많고 적음과 무관하게, 그리고 합계된 금액의 높고 낮음과 무관하게, 그저 그가 현금을 지급하는 방식이 우리를 놀라게 했다. 그는 지폐를 정면을 향해 부채 모양으로 펼치고는, 곧이어 듬성듬성한 이를 한껏 드러내는 순박한 웃음을 활짝 지으며 돈을 지급했다. 많은 금액으로 보이려는 심산이었는지 무엇이었는지 모르겠지만, 어찌 됐건 그가 돈을 지급하는 뉘앙스는 놀라우리만큼 무구하여 걸핏하면 아버지와 나를 웃음 짓게 했고, 또한 고요함에 잠긴 우리 서점에 적지 않은 활력을 불어넣어 주었다.

그뿐만 아니라 이따금 고른 책들의 금액이 예상보다 다소 커져 갖고 있던 현금만으로 부족할 때면,

그럼 차액은 다음에 방문하실 때 주세요.

이렇게 말씀드리곤 했는데, 그는 완강히 거부하고 집으로 돌아가 현금을 더 가져왔다. 아마도 카드를 쓰지 않았고 현금 또한 인출된 상태로 집에 보관하고 있었기 때문이리라. 괜찮다고 다음에 달라고 몇 번을 말려도 어찌나 완강히 거부하던지, 염라대왕처럼 짐짓 엄숙하고 딱딱한 표정으로 더는 일체의 승강이를 벌일 수 없게 만들었다.

그는 서점 앞에서 단호하게 택시를 잡고는, 집으로 가서 돈을 챙겨 다시 택시를 타고 서점으로 왔다. 그리고 예의 그 수법으로 활짝 웃으며 현금을 부채 모양으로 펼쳐 돈을 지급하고 갔다.

2015년 가을이 찾아올 무렵부터였을까. 어느 시점부터 그의 모습을 볼 수 없었다. 그리 자주 오는 편은 아니었으므로 쉽게 눈치 채진 못했다. 그의 부재를 인식한 후에도 얼마 지나지 않아 곧 오시겠지, 하고 대수롭지 않게 여겼다. 하지만 그는 더는 서점에 오지 않았다. 회원가입을 하지 않았기 때문에 감히 안부를 묻거나 자취를 수소문해볼

수도 없었다. 현재까지도 깜깜무소식이니, 아마도 그는 앞으로도 서점에 오지 않을 것인지도, 마술사의 카드처럼 활짝 펼쳐진 만 원짜리 지폐와 그 뒤로 보이는 듬성듬성한 이가 숨김없이 드러나는 순박한 웃음을 더는 볼 수 없을지도 모르겠다.

하지만 서점이 아니더라도 언젠가 어딘가에서 그를 마주치게 된다면 꼭 얘기해주고 싶다.

'명문당' 새 책들이 서점에 많이 들어왔어요.

그리고 우리 할아버지는 작년 11월 돌아가셨습니다.

고요서사
없어져선 안 되는 서점

서울 해방촌 어느 골목 한편에 '고요서사'라는 멋진 이름의
서점이 있다는 걸 이제 알 만한 사람들은 안다. 박인환 시인이
해방 전후에 차린 서점 '마리서사'에서 '서사(서점의 동의어)'를
따 온 이 서점은 '문학' 전문 책방이다. 문학 전문 책방이라는
표현이 그리 와 닿지 않는다면, SNS에 적힌 소개글을
옮겨보자.

소설, 시, 에세이 중심의 서가.

인문, 사회, 예술 분야 책도 소량 취급.

말 그대로 고요서사는 소설, 시, 에세이 소위 '문학'이라는
장르의 책들을 전문적으로 취급하는 한편, 문학의 곁과 그
언저리에 있는 인문, 사회, 예술 관련 도서를 둥그스름하게

다루는 책방이다.

'이제 알 만한 사람들은 안다'고 말한 까닭은 고요서사가
퍽 유명해졌기 때문이다. 흔히 접해오던 우리 서점 같은
종합서점이 아닌 '문학 전문 책방'이라는 콘셉트도 범상치
않은데다가, '서점 편집자' 차경희 대표의 담담한 매력이
적지 않은 이들의 마음을 사로잡았기 때문일 것이라
짐작한다.

나 또한 고요서사를 한 번 방문한 적 있었는데, 때는
비교적 오픈 초기였다. 나는 고요서사가 자리를 옮기기 전에
방문했다. 당시 고요서사는 일종의 샵인샵 형태로, 해방촌
어느 카페의 내부에 작게 자리 잡고 있었다. 현재는
해방촌의 다른 장소로 거처를 옮겨 독립했다. 거긴 아직
가보질 못했다. 당시에는 대표님도 고요서사도 현재만큼
세간의 이목을 끌기 훨씬 전이었던 터라, 비교적 인적이 드문
아늑한 책방 안에서 대표님과 이야기도 나누고 책도 마음껏
구경했다. 그 유명한 '문장 뽑기'도 했고 커피도 얻어 마셨다.
물론 책도 샀다.

다른 어떤 분야보다도 유독 문학을 좋아해서 그것을
전문적으로 다루는 책방을 구경하고 싶다는 소망도
있었겠지만, 고요서사를 방문했던 주된 목적은 일종의
답례를 하는 것이었다. 까닭인즉슨 그보다 수개월 전에

고요서사 대표님이 우리 서점에 방문해주었기 때문이다. 그때 그는 서점, 그러니까 후에 '고요서사'라고 이름 붙일 서점 창업을 준비하고 있던 와중이었다.

그는 우리 서점을 세세히 둘러보았고, 회원가입을 했고, 그저 책을 여러 권 구매했을 따름이었다. 그의 쭈뼛했던 태도가 나로 하여금 어느 정도 짐작을 가능케 했다. 나는 그가 여행자라는 걸, 그것도 매우 심상치 않은 여행자라는 걸 어렵지 않게 알 수 있었다. 때마침 서점에 손님도 없었던 까닭에 대체 어떤 과정을 통해 우리 서점을 알게 된 것인지, 또 어떤 특별한 사연을 품고 이곳에 방문한 것인지 무례함을 무릅쓰고 물어보았다. 대뜸 돌아오는 대답은 놀랍게도 서점을 차리려고 한다는 것이었다. 서울에서 문학 책을 중심으로 자그맣게 서가를 짜는 중인데, 그전에 우리 서점에, 서울의 수많은 서점이 아닌 강원도 속초의 서점에(!) 견학차 온 것이라고 했다.

당시 그가 걱정스럽진 않았느냐고 누가 내게 묻는다면, 나는 하릴없이 그랬다고 하겠다. 좋게 말해 걱정이지만, 실은 누군가 서점을 시작한다고 했을 때, 심술궂게도 응원보다는 마음 한구석 공연히 시니컬한 염려가 가늘게 눈을 뜨기 마련이었다. 단지 조금 앞서 경험했다는 이유로, 거들먹거리고 싶은 어리석은 마음. 심지어 아버지는 그에게 충고했다.

서점 왜 하려고 하세요?

돈 벌기 힘드니까 서점 하지 마세요.

그럼에도 문학 전문 책방을 만들기 위해 커다란 산맥을 넘고 굽이굽이 언덕을 지나 속초까지 와서, 무거운 소설책 여러 권 골라 가방에 넣는 그의 모습이 새삼스럽게도 내 마음 한구석을 짠하게 만드는 것이었다.

그렇다. 그가 걱정되었던 건 그가 서점 업계에 얼마간의 낭만을 품는 것 같다거나, 그로부터 장밋빛 미래를 꿈꾸는 듯 보였기 때문이 아니라(그는 유난히 기대감을 품지 않은 듯 했다), 도리어 그가 이 일에 그 누구보다도 담담해보였기 때문이리라.

나는 예정에도 없이 그에게 저녁을 대접했고, 우리는 금세 맥주 몇 병을 해치웠다. 그의 많은 얘기를 들을 수 있었다. 출판사 편집자로 일했던 시절 얘기부터 퇴사 후 서점을, 그것도 문학 전문 책방을 준비하려고 마음먹기까지의 얘기들. 그리고 그것을 준비하며 매순간 피부에 박히는 서점 업계 현실의 파편들. 나 또한 어렴풋하게 취해서 사사로운 얘기들을 늘어놓았다. 서울의 미래가 불투명한 어느 이십 대 직장인으로부터 속초에서 서점 일을 맡게 되기까지의 과정들. 맡기 전에 가졌던 환상과 산산이 무너져 내린 기대의 토막들. 서점 일을 하고 나서 좋은 점과 나쁜 점 등. 아마추어 서점원 두 명은 그렇게 많은 얘기를 나눈 후 헤어졌고, 그는 다음 날 다시 서점에 와서 책을 샀다. 그리고 아버지와 내게 작별 인사를 하고서 서울로 떠났다.

그와의 사사로운 인연을 강조하기 위해 이 지면을 할애하고자 하는 것보다는 고요서사가 얼마나 귀중하고 단단한 서점인지를, 더 정확히 말하자면 '왜 절대로 없어져선 안 되는 서점'인지를 강조하기 위해 펜을 집었다. 그리고 그것은 상당수의 방문객과 대다수 언론이 알면서도 무심코 지나치는 자명한 사실 하나를 다시 한 번 강조함으로써 가능할 것 같다. 그건 다름 아닌 '문학 전문 서점'이라는 타이틀이다.

내가 만나본 그의 모습이 어느 편린에 지나지 않는다고 하더라도, 그는 문학에서 그리 잘난 체하는 타입이 아니다. 빼어난 취향을 뽐낼 마음도 그다지 없고, 문학 전문가를 자처하며 많은 사람이 향유하는 코드를 애써 깔볼 마음도 없는 듯하다. 누구는 괜찮은데 누구는 별로더라 하는 그 흔한 작가에 관한 호오조차도 삼갈지 모른다. 그는 자신을 포함하여 여전히 많은 이가 보다 넓은 작품의 스펙트럼 속에 자리할 수 있다고 여기며, 그의 서점 또한 저 결백한 시도의 일환으로 보인다. 그는 어느 유명 출판사로부터 파견을 나온

것도 아니고, 문단에 소속되어 눈치를 볼 입장은 더더욱
아니다. 그는 매순간 문학 작품의 독자인 동시에, 매순간
그것을 최종 단계에서 독자들에게 매개하는 중개인이다.

그러니까 나는 고요서사에 방문한 이들에게, '문학'에
관해서라면 과감히 대표와 얘기를 나눠보길 권하고 싶다.
그는 약 이 년 전 해방촌에 '문학' 전문 책방을 차렸고,
그렇기에 그는 '문학'을 매개로 독자들과 만나고 있다.

일본 츠타야 서점에서는 '북 콘시에르지'가 분야별로
배치되어 있어 고객들과 일대일 상담을 나눈다는 풍문이
있고, 바로 그 점이 츠타야 서점의 휘황찬란한 업적으로
다뤄지곤 하는데,

그게 별건가.

문학의 초입에 있어서든 문학에 진절머리가 나서든,
문학이라는 이름 앞에 손톱을 물어뜯고 있다면, 고요서사에
가서 서점 사람과 이야기를 나눠보시라. 그는 당신에게
몰랐던 작품을 추천할 수도 있고, 새로운 작품 소식을 알려줄
수도 있으며, 만일 그것도 아니면 그저 당신의 얘기를 귀
기울여 들어줄지도 모른다. '맞춤형 서점'이 서점이 나아갈
미래 중 하나라면, 그러한 표현은 고요서사처럼 특정 분야를
전문으로 다루는 동네서점에 특히 어울리는 말일 것이다.

꼰대와의 투쟁
내가 너만 했을 때

사회생활이라는 건 뭐니 뭐니 해도 끊임없는 꼰대와의 투쟁 아니겠어.

술자리에서 친구가 말했다. 그때 나는 친구의 얘기에 웃었다. 웃겼기 때문이다.

실제 꼰대와의 만남에선 좀처럼 웃을 수가 없다. 도무지 힘들다. 한 번은 이랬다. 중년 남성 한 분이 책을 몇 권 골라서 계산대에 오더니 다짜고짜 이렇게 말하는 것이었다.

내가 교수인데….

네?

나는 당시 위기 대처 능력이 능숙치 못했다.

이분께서 왜 여쭤보지도 않은 걸 구태여 말씀하고 계실까?

얘길 더 들어보니 그게 아니었다. 자신은 교수고 그러므로 도시의 대형 프랜차이즈 서점에서는 늘 본인을 알아보고 책을 할인해주었으니, 여기서도 할인을 해달라는 것이었다. 참담했다. 그래서 할인을 안 해드렸다.

그뿐이었을까. 한 중년 여자 손님이 문을 열고 곧장 계산대로 와서는 내게 명령했다.

해커스 토익에 전화 좀 걸어보세요.

당혹스럽기 짝이 없었지만, 짐짓 침착함을 가장하며 어찌된 사정인지 물었더니, 본인이 어느 대학 교수라 해커스 토익 책을 수업 교재로 사용하려고 하는 터, 공짜로 자신에게 책을 몇 부 보내라고 출판사에 요청할 참이라는 것이었다. 우리 서점은 해당 출판사와 직접 거래 관계가 없는 관계로 직통 번호만 알려드릴 수 있다고 설명하는 와중에, 그녀는 휙 하고 매몰차게 나가버렸다.

이런 사건 중에서도 압권인 분이 있었다. 아홉 시가 갓 지난 이른 아침이었다. 중년 남성 한 분이 급한 사정이라도 있는 듯 서점 문을 박차고 들어왔다. 그는 박원순 서울 시장의 절판된 책을 문의했다. 책이 절판되어 구하기 힘들 것 같다고 말씀드리자, 무작정 출판사로 전화를 걸라고 내게 명령했다.

출판사에 전화 거는 것은 요새 유행인가?

아니면 대단한 분들의 유구한 전통인가?

해당 출판사로부터 직접 책을 받고 있지도 않고 이렇다 할 관계인 것도 아니라고 알려 드렸는데 갑작스레 끔찍이 성난 태도로 출판사 번호를 대라고 씩씩대는 것이었다. 번호를 받아든 그는 문을 박차고 나가서 서점 앞에 서서 한참을 통화했다. 그렇게 종결되었다면 상황이 썩 순조로웠겠지만, 그는 전화를 끊고 다시 서점에 들어와서 미처 문이 닫히기도 전에 내게 고함부터 지르는 것이었다.

출판사에 책이 한 권 있어서 나한테 보내준다는데, 나 같은 손님을 놓치니까 서점이 안 되는 거 아니냐!

어안이 벙벙했다. 그 태도와 말이 너무나도 끔찍했던 나머지, 그가 한 말의 진위 여부 같은 건 따져볼 요량도 없었다.

그 일이 있고 나서 참담한 기분을 어떻게든 해소해보고자 친구에게 하소연해보기도, 인터넷상에서 돌아다니는 꼰대 서약서라는 걸 혼자 써보기도 했다.

꼰대가 되는 순간 나는 생을 마감하겠습니다.

나지막이 혼잣말해보기도 했다.

'꼰대'의 사전적 정의는 '늙은이'의 은어. 하지만 우리가 일상 속에서 쓰는 '꼰대'라는 용어의 정의는 그다지 과학적인 것 같진 않다. 우리는 저마다 각자의 경험을 반추하여 조금씩 다른 기준으로 '꼰대'를 이야기한다. 물론 그중에 공통으로 뽑아낼 수 있는 특징들도 꽤 있다. 말하자면 경향성 같은 게 있는 셈인데, 추려보면 다음과 같다.

나이가 어려 보이면 반말부터 하는 사람.

조언을 구하지 않았는데 조언하는 사람.

"내가 너만 했을 때"로 이야기를 시작하는 사람.

서점원처럼 서비스직에 종사하는 이들에겐 더욱 다채로운 '꼰대'의 향연이 벌어진다.

직원한테 다짜고짜 반말하는 손님.

서점에 대해 얼토당토않는 조언이나 악담을 퍼붓는 손님.

자신의 지위나 신분을 이용하여 할인 및 기타 서비스를 요구하는 손님.

무엇보다도, 굳이 언급할 필요도 없이 그저 무례한 손님.

거울을 보며 꼰대 서약을 읊어보기도 했듯이, '꼰대' 문제는 결코 나 자신하고 분리하여 생각할 수 없다. 내가 억누르고 통제해야만 하는, 지금은 감춰져 있을지라도 언제 어디서든 발현될 수 있는 나의 추악한 속성일 수 있기에, 나는 그것에 이토록 몸서리를 치는 것일지도 모른다. 혹은 나도 모르는 사이 어떤 꼰대 바이러스 하나가 내 안에 자리 잡을지도 모를 일이고, 심지어 그것을 깨닫는다 치더라도 백 퍼센트 박멸할 수 없을지도 모른다. 상상도 하기 싫지만, 미처 대비하지 못한 상황 속에서 타인에게 그렇게 보일 수도 있을 것이다. 충분히 가능성 있는 일이다.

하지만 그렇기에 더욱 조심하고 제어하는 장치를 내 안에 만들어두고 싶다. 그 와중에 틀리거나 실수했다면, 잘못을 인정하고 고쳐야 할 일이다. 이 모든 게 '꼰대 되지 않기'의 한 과정 혹은 일부인 것만 같다 생각하며 계산대에 앉아 있는데, 처음 보는 아저씨가 문을 열고 들어온다.

지도 어딨어? 지도, 지도!

무엇보다도 일단은 견디고 볼 일이다.

그는 민소매의 얇은 원피스를 입고 있었다

그 옷을 보고 속으로 생각했다

벌써 여름이구나

나는 그에게 첫눈에 반했다

아내
벌써 여름이구나

서점이 연중무휴인 탓에 사계절의 변화를 이전처럼 친근하게
체감하질 못하게 되었다. 이전 같았으면 새 계절이 도래할
때마다 별안간 그 안에 심오한 의미라도 담겨 있는 마냥
우두커니 달력을 바라보거나, 케케묵은 다짐을 꺼내듯이
이미 읽은 책을 다시 꺼내 들곤 했는데, 늘 서점 안에만 있다
보니 눈치 없는 사람처럼 계절이 지나고 나서야 등에 떠밀려
옷장을 뒤적이기 일쑤였다. 대신에 서점 전면이 커다란
유리창으로 되어 있는 터라 볕에는 예민해졌다. 서점 안으로
빛이 쏟아지는 동안에는 전면에 조명을 꺼두었고,
어둑어둑한 날에는 대낮부터 간판 등을 켜두었다. 그런
이유로, 나에게 나날은 대체로 봄, 여름, 가을, 겨울보다도

빛이 환히 들어오는 날과 빛이 온데간데없이 흐린 날로
구분되곤 하였다.

그날은 여름의 어느 날이었다. 역시 분명하게 기억나는 건
빛이 환히 쏟아져 서점 안이 새하얗게 빛나고 있었다는
사실이다. 서점 안에는 손님이 서너 명가량 있었다. 그들은
저마다 멀리 떨어져서 조용히 책을 고르는 데 여념이 없었다.
나는 여느 때처럼 수북이 쌓인 신간을 정리하고 있었다.
얼굴에 땀이 맺혀서 안경이 자꾸만 미끄러져 내려왔다.
그러던 와중에 누군가 계산을 하러 계산대에 왔다. 손님은
민소매의 얇은 원피스를 입고 있었다. 그 옷을 보고 속으로
생각했다.

벌써 여름이구나.

나는 그 손님에게 첫눈에 반했다.

뒤늦게 손님이 사간 책을 다시 살펴보았다. 《인간의 본성에
관한 10가지 이론》이었다. 어디에 꽂혀 있는지 가물가물했을
만큼 내가 관심을 두고 있던 책은 아니었다. 별다른 이유도
없이 책이 꽂혀 있던 곳, 그러니까 '철학' 코너로 가서, 이제는
빈틈이 되어버린 그 자리를 물끄러미 바라보았다. 서로가
얼마간 버팀목이 되어주던 양옆의 책들이 균형을 잃고
한쪽으로 기울여져 있었다.

그 손님은 회원가입을 했다. 그러니 등록된 번호로

연락해볼 수 있지 않으냐고 누군가는 말할 수도 있을 것이다. 나도 안다. 물론 나는 그렇게 하지 못했다. 대단한 이유가 있어서가 아니라 그저 용기가 없어서 못했다. 고작 전화번호 앞에 시선을 고정해 두고 용기 운운하는 나 자신이 우습기도 했다. 며칠 그러다 말겠지 했다. 2015년 여름이면 여전히 서점이라는 세계에 갈피를 잡아가던 도중이었다. 며칠 정신없이 일에 치이자 마음의 주파수가 다시 안전 궤도를 되찾았다. 그런데 정말 며칠 그러다 말았다. 딱 일주일 뒤에 손님이 다시 서점에 온 것이다.

손님께서 알아채지 못하도록 나는 컴퓨터 화면 너머로 뻔뻔하게 그쪽을 슬쩍 곁눈질했다.

사람이 자기 본능에 이끌려 이토록 타인에게 불쾌할 수 있는 행동도 서슴지 않는다는 것이 과연 《인간 본성의 10가지 이론》에 쓰여 있을까?

멀리서 바라본 그 손님은 서점 이곳저곳을 자세히 둘러보는 것 같진 않았다. 무언가 생각을 정하고 온 듯했다.

그는 인문, 사회 쪽 서가에서 놀라우리만큼 조금의 미동도 없이 책을 보고 있었다. 손님은 이번엔 토마 피케티의 《21세기 자본》을 계산대의 내게 슬그머니 내밀었다. 그 제목과 그 두께에 나는 공연히 더욱 기가 죽어 손님에게 접근할 시시한 배포조차 끌어내지 못하였다.

그날 귀가 후에 아버지와 맥주를 마시다가, 대수롭지 않은 마냥 말했다.

요새 서점에 멋진 분이 오시던데요.

그게 누군데?

아버지가 물었다. 누군지 설명한들 아시겠냐고 콧방귀를 꼈는데 끈질기게 누군지 묻는 것이었다. 있어요. 서점에 온 지는 얼마 안 된 것 같은데. 오늘은 《21세기 자본》을 사가셨어요. 그런 어려운 책만 읽나 봐요.

내가 대답하자, 놀랍게도 아버지는 말했다.

그분 말이구나.

계산할 때 옆에 서 있었던 것 같지도 않았는데 대체 어떻게 알고 있는 걸까 의아했다.

손님을 뻔히 매장에 가둔 이력도 있던 분이 웬일로 이번엔 이토록 기민했을까.

맥주 캔을 내려놓고 물었다.

대체 어떻게 아세요?

당신은 여전히 시선을 허공 어딘가에 둔 채로 대답했다.

괜찮더구나.

아내

함께 일한다는 진실의 무게

앞서 얘기한 손님과 나는 약 일곱 달의 연애 끝에 2016년
7월에 결혼했다. 서점에서의 나의 일과를 상세히 꿰뚫고 있던
그는 결혼 이전부터 서점 일에 합류하겠다는 뜻을 분명히
밝혔다. 남편 혼자 감당해야 하는 일이 꽤 많다고 여겼기에
조금이라도 일을 덜어주어야겠다는 생각이었다. 망설인 건
내 쪽이었다. 두 가지 이유에서였다.

첫째로는 아내가 서점 일에 금세 신물이 나지 않을까 하는
걱정 때문이었다. 매일 책들을 정리해야 하고 동시에 손님을
응대해야 하는 중노동. 크게 보면 저 두 가지를 축으로 해서
서점이 운영되지만, 세세하게 따지면 할 일이 끝도 한도
없다. 책을 좋아해야 그나마 버틸 만하고, 책을 좋아한다

자신하는 이도 버티지 못할 공산이 큰일임이 틀림없었다. 그런 일에 내 아내가 동참한다는 게 여간 개운치 않은 게 아니었던 것이다.

둘째로는 일할 때의 내 모습 때문이었다. 다 알고 있진 못하더라도 나는 일할 때의 내 모습이 어떤지 조금은 인지하고 있었다. 지나치리만큼 사소한 일들에 신경 쓰고, 거의 매순간 일희일비하고, 무례한 손님들로부터 상처받거나 때때로 지독하게 성이 나고, 그러다가도 매출만 높았다 하면 깨끗이 포맷이라도 한 것처럼 기분이 좋아지는… 그러니까 그다지 매력적이라고는 할 수 없는 모습 말이다. 게다가 내가 알고 있는 것만 해도 저 정도인데, 그런 나를 대하는 타인의 소회는 어떨지 감히 짐작조차 할 수 없었다. 아내가 애초에 나에 대한 일말의 판타지도 기대도 남겨 놓지 않은 마음가짐이었다면 쓸데없는 걱정이었을지도 모르겠다. 하지만 당연하게도 나는 아내로부터 지속적인 사랑을 받고 싶었다. 따라서 일할 때마다 드러나는 나의 속살만큼은 결단코 감춰야 한다는 가냘픈 바람을 품고 있었다.

아내는 고집인지 집념인지 모를 내 결정을 존중해주었다. 그러면서도 내가 손님의 책을 계산할 때나, 전화를 받을 때의 대사를 유심히 살펴두었다가 급박한 상황이 닥칠 때마다 계산대로 들어와 나를 구조해주기도 했다. 혼자 계산대를

보다가 손님을 맞을 때 급작스럽게 전화벨이 울리는 것만큼
당혹스러운 일도 없는데, 그럴 때면 아내는 여지없이
내 옆으로 와서 수화기를 들고 전화를 받았다.

　네, 감사합니다. 동아서점입니다.

　그렇게 아내가 서점 전화를 받는 횟수는 차츰 늘어갔고,
상황에 따라 책을 계산하는 일도 심심찮게 생겼다. 그러던
어느 날, 나는 아내에게 서점 포스 시스템에서 바코드로 책을
입력하고 등록하는 법, 판매내역을 확인하는 법 등을
가르쳐주고 있는 나 자신을 발견하곤 화들짝 놀랐다. 굳은
의지意志를 발휘해야 했음에도 나는 어느새 아내의 한쪽
어깨에 의지依支하고 만 신세였다.

　딱 거기까지만….

　그 또한 터무니없는 다짐이었다. 정기적으로 그리고
간헐적으로 하는 납품 일까지 아내 손을 벌리게 되었다.
납품이 몰리는 기간에는 아내가 소매를 걷어 올리고 책을
검수하는 일을 도와주기도 했고, 도서관에 직접 책을
배가해야 할 때는 나와 함께 도서관에 가서 책을 꽂았다.
그뿐만이 아니었다. 아내는 내가 머릿속으로 생각해둔
잡다한 아이디어들을 시각적으로 구체화하는 데 뛰어난
능력을 보였다. 새로운 코너를 만들어 봐야겠다고 메모해둔
것들을 실행에 옮길 때면, 늘 시간에 쫓기는데다가 감각도

후진 탓에 그저 흰 명함종이에 빈약하게 몇 글자 적어서 서가 한쪽에 붙여놓는 게 전부였다. 더욱이 심각한 건 그것도 나름대로 괜찮다고 생각했다는 것이다.

아내는 자명한 한 문장을 내게 뼛속까지 일깨워주었다.

책 또한 상품이므로 사고 싶은 마음이 들도록 진열되어야 마땅하다.

그의 실천에 힘입어 나는 정리의 마법 속으로 빨려들어갔고, 코팅과 우드락의 세계를 처음으로 맛보게 되었다. 책을 어떤 방식으로 진열하는 게 답답해보이는지, 또 어떻게 진열해야 보다 눈에 띄는지, 진지하게 고민해본 적 없던 일들을 그로부터 배워나갔다. 책들이 마음대로 널브러진 잡화점 같던 서점이 조금씩 '서점다운' 공간으로 변해갔다. 매출도 늘었다.

아내와 함께 일하기를 망설였던 나의 첫 번째 이유, 그러니까 그가 서점에 싫증을 느끼면 어떡하느냐며 가졌던 두려움은 한마디로 괜한 걱정이었다. 실제로 그는 나보다 강인했고, 무엇보다도 내가 그토록 취약한 일과 삶 사이에서 적절한 거리를 유지하는 법을 알고 있었다. 쉽게 기뻐하는 만큼 쉽게 지치는 나와는 달리, 그는 기쁨과 낙담, 그 모두로부터 얼마간 자신을 지켜낼 줄 아는 사람이었다.

두 번째 이유가 여전히 남아 있었다. 우려했던 대로였다.

마스다 미리 만화《아무래도 싫은 사람》을 읽다 보면,
일터에서 언제나 불평을 입에 달고 사는 밉상 동료 한 명이
그려지는데 그게 딱 나였다.

저 학생은 대체 가정교육을 어떻게 받았기에 책을 다
흐트러뜨리고 다니는 거야.

책을 사지도 않을 거면서 사진을 막 찍어도 된다고
생각하는 건가?

나는 곧잘 씩씩대며 계산대에 앉아 노여움을 삭히는
모습을 보이고야 말았다. 한 번은 아버지의 업무 태도를
지적하다가 울화를 참지 못하고 갖은 인상을 쓴 채로 급기야
고함을 질러버렸다.

서점이 바뀌면 사람도 바뀌어야죠!

서점은 바뀌었는데 태도가 그대로면 되겠습니까?

얼굴이 붉으락푸르락한 상태로 우연히 아버지 뒤에 있던
아내 얼굴과 마주쳤는데, 아내 눈에 비친 내 모습이 그토록
초라해보일 수가 없었다. 나도 모르는 사이 드러난 내 추악한
속살과 마주한 아내. 나는 내가 지은 표정의 의미를 너무
뒤늦게 깨닫고야 말았다.

두 번째 이유도 결국 나의 문제였다. 그날 이후로 나는
조금이라도 아내에게 어른스러운 인간으로 보이고 싶다는,
별것 아니지만, 매우 중요한 소망을 품었고, 어떤 의미에선

꼭 그래야만 한다는 책임을 느꼈다.

아내 앞에서 부끄러움을 모르는 남편이 되지 말자.

아내와 함께 일하게 되며, 속으로 아내에게 한 약속이었다. 잠깐 방심한 사이에 표정이 일그러지기도 하고 재깍하면 모진 말들이 쏟아져 나오기도 한다. 그렇게 많은 순간 나는 실패하지만, 여전히 더 나아질 수 있다는 희망을 버리지 않았다. 아내와 같은 일터에서 함께 일한다는 것은 그렇지 않은 경우보다 훨씬 더 많은 내적 개선과 인간적 성숙을 요구한다. 그것이 비로소 부부가 함께 일한다는 진실의 무게일지도 모르겠다.

여행자의 책
누구나 멋진 사람

일한 지 일 년이 막 지났을 무렵부터 나는 어렵지 않게
여행객을 알아볼 수 있게 되었다. 몇 가지 패턴을 추려보면
다음과 같다.

첫째, 서점에 들어오기 전부터 벌써 몸짓으로 힌트를 주는
분들. 서점 외관을 촬영하는 분들은 열에 아홉 여행자다.

둘째, 문을 열고 자연스레 발산하는 감탄사 혹은 리액션.

와! 생각보다 넓다.

아, 책 냄새 좋다.

이 같은 말들은 속초 여행까지 와서 일부러 서점을
찾아왔다는 뿌듯함이나 설렘을 나타낸다.

셋째, 여행객들은 '호기심'이 많다. 그들은 동네를 터벅터벅

걷다가 무심코 이곳에 들어온 게 아니다. 그들은 어떤
목적에서든, 일정한 희생을 감수하고, 특정한 제약을
견뎌내고 여기에 당도한 것이다. 그런 까닭에 마땅히 서점
곳곳을 면밀히 구경할 권리가 있다. 그들의 시선은 동네
거주자들의 시선과 다를 수밖에 없다. 눈동자는 호기심으로
가득 차 있고, 평소 관심 없던 분야도 꼼꼼히 살펴본다.
스마트폰이나 카메라를 꺼내 공간을 촬영하고, 구매한 책의
인증 사진을 남긴다.

다짜고짜 여행객들에 대한 내 사사로운 입장부터
밝힌다면, 나는 그냥 이분들이 존경스럽다. 아닌 게 아니라
나는 서점을 운영하고 있고, 한국의 많은 이에게 '서점'이
어떤 공간으로 인식되는지 알 만큼은 알고 있다. 그렇게
낭만의 커튼을 걷어냈을 때 내가 알고 있는 것 중
하나는, 적어도 서점이라는 곳이 보편적으로 여행 중에 들를
만한 공간으로서 인식되진 않는다는 것이다. 그래서
이분들이 좋다. 그 이유가 무엇이든 당신은 여행 중에 서점에
왔기 때문이다. 읽고 싶었던 책을 찾기 위해서든, 낯선 곳에서
몰랐던 새 책을 발견하기 위해서든, 여행 자체를 기념하기
위해서든, 그것도 아니면 그저 서점을 정말로 사랑해서든
말이다. 단언컨대 이분들은 단순한 매력을 넘어 어딘가
치명적인 구석이 있는 분들이다.

당신들은 대다수 사람과는 다른, 비범한 라이프스타일을 지닌 사람들이다. 누구나 멋진 사람을 동경하게 마련이다. 그래서 나는 당신들을 존경한다.

서점을 운영하는 입장에서, 나는 서점에서 책을 구매하는 일이 얼마간 '서점에 대한 예의'인 것으로 생각하고 있다. 그럼에도 여행객들이 책을 구매할 때면, 그 수의 많고 적음과 상관없이 잠깐 아연해지고 만다.

여행 중에 책을 구매한다고?

여행 중인 지역의 정보가 담긴 책도 아니고, 급히 필요한 용도가 적힌 실용서도 아닌, 벼른 일 없이 서점을 구경하다 책을 구매한다니, 대관절 누군들 놀라지 않을 수 있겠는가.

그도 그럴 것이, 나는 서점을 운영하기 전까지는 타지 여행 중에 그 지역의 서점에 들러본 적이 없었다. 온라인 서점은 책의 가격을 십 퍼센트 할인해서 팔고, 다양하고 매혹적인 굿즈를 책과 함께 제공한다. 책을 직접 만져보거나 안을 찬찬히 살펴볼 순 없더라도, 적어도 웬만해선 없는 책이 없다.

하물며 대부분 여행객은 속초보다 큰 규모의 도시로부터 온 분들일 터. 단언컨대 그 도시의 대형서점은 우리 서점보다 훨씬 더 많은 양의 책을 보유하고 있을 것이다. 동네에서 차곡차곡 마일리지도 쌓을 수 있다는 이점 또한 굳이 지적할 수 있겠다. 이러한 제반 상황들을 누구보다 잘 알고 있기에, '서점에 대한 예의' 따위는 차치하고서라도, 여행자가 책을 구매한다는 사실이 놀라움을 넘어 일종의 감격과 환희로 온몸의 세포를 흔들어 깨워놓는 것이다.

그러한 환희의 이면에는 여행객들에 대한 알다가도 모를 두려움이 마음 한구석에 똬리를 틀고 있는데, 아마도 위에 언급한 바로 저 이유에서일 테다. 고백하자면, 우리 서점엔 딱히 특별한 점이 없다. 책을 정가로 판매하는 탓에 인터넷 서점에 견주어 책 가격이 비싸고, 대형서점에 비하면 보유하고 있는 책이 턱없이 모자란다. 우리 서점을 소개할 때 곧잘 쓰는 표현인데, 한마디로 '찾는 책이 없을 가능성이 높은 서점'인 것이다. 그 때문에 이런 초라한 형편을 여행객이 눈치챌까 두려워, 그들 앞에만 서면 괜스레 별다른 인사도 건네지 못하고 쭈뼛하게 서 있을 뿐이다. 언론에서 즐겨 다루는 '육십 년 된 서점' '삼대째 이어져 내려오는 서점'이 정말로 방문의 키워드가 될 수 있으리라 생각하기에는, 나조차도 그러한 판타지에 대한 의구심이 강하다. 방문한 이들로 하여금 하나 이상의 결실은 맺을 수 있는 공간이어야 하지 않을까. 나는 고지식하게도 그 답을 맥주도 커피도 아닌 책에서 찾고자 발버둥치고 있다.

결실 운운하기 이전에 확실한 건 그들이 나를, 또 우리

서점을 성장하게끔 응원해주고 격려해주는 직접적인
원동력이 되었다는 점이다. 상투적인 이야기지만 정말로
그랬다. 나는 어떻게든 우리 서점을 그들이 봐 오던 다른
서점들과 다르게 보이게 만들어야 했고, 차별화되는 맥을
짚어내야 했다. 그래서 사소하게는 표지가 보이게 진열하는
책들은 늘 고심을 거듭해 고르고, 서점이라는 공간이 마땅히
'여행 중에 들러도 될 법한 공간'으로 여겨질 수 있도록, 부디
그러한 기대에 부응할 수 있도록 수시로 다양한 기획전을
마련하고자 나름대로 애를 쓰고 있다.

여행객들이 나의 몸부림으로부터 어떤 결실을 얻어 갔는지,
또 앞으로 얻어 갈지 잘 모르겠다. 하지만 그들이 여기에
왔고, 여기서 책을 샀다는 사실만으로도 그것은 이미 내게
바위만 한 결실임을 그들에게 꼭 전하고 싶다.

시 쓰기의 바이블

시 언어 책이 있어요?

한 아주머니께서 남자아이의 손을 잡은 채로 내게 다가와서
물었다

시 언어 관련 책이 있어요?

아이가 물어볼 말을 어머니가 대신한 듯했다.

시 언어?

잠시 멈칫했지만, 그 말은 금세 내 머릿속에서 '시어詩語'로
생각되었다.

혹시 '시어' 관련 책을 찾고 계세요?

맞다고 하시면 시어에 대한 책을 대체 무슨 수로
안내해드리지?

때아닌 걱정이 들었다. 물론 아니었다. 다시 한 번

되물었다. 아주머니는 아이만을 멍하니 바라보는데, 아이는 수줍은 듯 갸우뚱하고 있을 따름이었다.

나는 우선 '시' 코너로 안내해드리겠다며, 영문도 모르는 손님을 억지로 끌고 가다시피 시 코너로 안내해드렸다. 수수께끼 같은 제목들이 책등에 적힌, 서가에 켜켜이 꽂힌 시집들 앞에 도착하자 아이는 그게 아니라는 뜻으로 고개를 저었다. 그게 아니고, '시 언어'란다. 나는 아이에게 말했다.

죄송하지만, '시 언어'만을 따로 수록하고 있는 책은 아마 없을 것 같네요. 그나마 여기서 찾아보시는 게 좋을 것 같습니다만….

하지만 속마음은 '시 언어'만을 모아 따로 수록한다는 전제 자체가 성립할 수 없는 것이 아니냐고 아이에게 따져 묻고 싶었다. 다른 모든 말과 마찬가지로, '시어' 또한 저마다의 맥락 안에서 그 의미를 갖게 되는 것이 아니냐고, 그렇기에 그것만을 따로 떼어내어 지니고 다닌다는 것은 얼마간 '시'라는 장르 자체를 모독하는 편리한 소망이 아니냐고 힐책하고 싶었다. 하지만 아이는 판사처럼 매몰차게, 그러나 분명하게 내게 말했다.

시 언어에 대한 책 있어요. 다른 서점에서도 봤어요.

대관절 '시 언어'가 뭐기에 나를, 그리고 내 앞의 아이를 이토록 괴롭힌단 말인가. 생각해보니 그런 마법의 책이 실재한다면 누구보다도 내가 먼저 읽고 싶을 것이다. 아니, 기회만 주어진다면 그 책의 띠지 문구는 내가 작성하고 싶다.

비범한 시인들의 '시 언어'를 총망라한 책.

시 쓰기는 재능도 영감도 아닌, 훈련이다.

시 쓰기의 바이블.

하지만 아무리 생각해본들 그런 책이 존재할 리 만무하지 않은가. 그럼에도 분명히 '본 적'이 있다고 하니, 나는 혹시 그 책을 인터넷상에서 찾아서 내게 이미지를 보여줄 수 있겠냐고 물었다.

아이는 답답해하며 스마트폰을 꺼내 들었다. 나 역시 계산대에 돌아와서 우두커니 앉아 있다가, 속는 셈 치고 포털 사이트에 '시 언어'라고 검색이라도 해볼 참이었다. 그러자 어머니와 아들은 정말로 저 '시 언어'에 해당하는 책 표지 사진을 보여주셨다. C언어C language였다.

벨 연구소에서 1971년경에 개발한 시스템 프로그래밍 언어.

아, 나는 왜 늘 보고 싶은 것만 보고 듣고 싶은 대로만 듣는가.

그리고 왜 뒤늦게 후회하는가.

시어라는 낱말이 산 넘고 바다 건너도 'C언어'가 사는 지역에 쉬이 도달하진 못하리라. 나는 죄송하다고 연거푸 말하고는, 그만 얼굴이 새빨개진 채로 그들을 컴퓨터 코너로 안내해 드렸다. 다행히도 그들은 내 머리가 저지른 '시적 언어의 혁명'이 그다지 대수롭진 않았는지, 금세 책을 골라 계산하고 떠났다.

포켓몬 고
포켓몬문고

'포켓몬 고'라고 했다.

'포켓몬'이 무엇을 지칭하는지 정도는 알고 있었다.
포켓몬은 실제로 주머니에 들어갈 만한 크기는 아니지만,
주머니만 한 공 안에 있는 괴생물이다.

때는 초등학교를 졸업할 무렵이었는데, 그것은 교활한
야바위꾼처럼 내 코 묻은 돈을 야금야금 빨아들였다. 나는
빵에 들어 있는 포켓몬 스티커를 수집했다. 족히 일 년 남짓
걸려 백오십일 개의 스티커를 다 모았다. 그렇게 커다란
포켓몬 도감에 스티커를 덕지덕지 붙이고 나니 변성기가
찾아왔다.

스티커를 다 모으고, 중학생이 된 나는 만화책을 읽었다.

애니메이션으로 제작된 '포켓몬스터'가 컬러판 에디션으로 출간되었는가 하면, 애초에 흑백판 포켓몬스터 시리즈도 있었다. 물론 나는 이 책들을 몽땅 모으기로 했다. 지금도 가지고 있다.

나는 침대에 엎드린 채로 책이 마르고 닳도록 읽었다. 그 만화 속에 어떤 세계관이 담겨 있는지, 또 어떤 교훈이 있고 어떤 카타르시스가 있는지 조금도 기억나질 않는다. 주요 캐릭터들의 사소한 버릇이나 특징조차도 가물가물하다. 다만, 괴생물 백오십일 마리의 우스꽝스럽지만, 생동감 넘치는 이름들과 기묘한 습성들은 이십 년이 지난 지금도 희미하게나마 더듬거릴 수 있다.

그런데 포켓몬 '고'라고 했다. 시큼한 기억 한편으로 미루어 '포켓몬'은 알겠건만, 뒤에 붙은 '고'는 대체 뭐람. 제대로 검색해볼 요량도 없이 그저 갸우뚱해하던 중, 그것은 게임을 지칭하는 것임을 다름 아닌 어머니께서 일러주었다. 닌텐도에서 증강현실을 포켓몬스터 세계에 접목하여 만든 게임이며, 한국에서는 아직 출시되지 않았는데 웬일인지 오로지 속초에서만 그 게임이 가동된다는 것, 그리하여 전국의 수많은 이가 오직 이 게임을 체험하기 위해 속초행 버스에 올라타고 있다는 것이었다. 대체 그걸 어떻게 알았느냐고 묻자 어머니는 뉴스에서 봤다고 했다. 그래서 포켓몬이 뭔지 알고 있느냐고 물었다.

아니, 모르겠는데?

어머니가 말했다.

뒤늦게 뉴스를 살펴보니 온통 그 얘기뿐이었다.

포켓몬 고를 한국에서 유일하게 즐길 수 있는 속초, 고성, 양양 일대로 전국에서 사람들이 몰려가고 있다!

그에 비하면 실제 속초 분위기는 평소와 다를 바 없이 호젓하기만 했다. 속는 셈치고 고속버스 예매 사이트에 들어가 봤더니 거짓은 아니었다. 속초행 버스가 온통 매진이었는데, 성수기 때처럼 빽빽하게 배차한 것인데도 그랬다.

그 사정의 실효성이나 그 가치의 두께와는 무관하게, 단지 속초라는 이름이 전국에서 오르내리는 걸 보는 것만으로도 조금은 감개무량했다. 사람들이 속초에 몰려온다니, 그렇다면 그중 누군가는 서점에 들를지도 모를 일이었다.

포켓몬도 잡고, 서점 구경도 하고.

그것은 메마른 서점 사람 마음에 불을 지폈고, 번져가는 불길은 이미 걷잡을 길 없었다. 거리를 방황하는 괴수들이 별안간 속초에 사람들을 불러들인 것이라면, 그것이 속초의 어느 서점인들 예외를 두겠는가. 어린 시절 학교 앞 슈퍼에서 스티커 하나 들어 있는 빵을 사기 위해 긴 줄로 늘어섰던

풍경까진 아니더라도, 이렇게까지 전국에서 사람들이
몰려오고 있다면 지나가는 길에라도 서점에 들를 것 같았다.
그렇다면 더 늦기 전에 무언가 사소한 채비라도 해두어야 할
터였다.

　저 거룩한 게임을 나의 스마트폰에 설치하는 일이
우선이었다. 게임을 실행한 후 서점을 빙 둘러보자, 과연 웬
괴생물이 서가에 올라서 있는 게 아니겠는가. 나는 냉큼
녀석을 사진으로 촬영하여 SNS에 게시했다. '좋아요'가
순식간에 백 개 단위로 불어 갔다. 무언가 커다란 일이 벌어질
조짐이 보였다. 기세를 몰아 포켓몬 이벤트도 열었다. 서점
안에서 포켓몬을 포획한 사진을 서점 사람에게 인증하면
할인을 해주는 이벤트였다. 이벤트 문구를 정하고 안내문을
작성하며 괜히 들떠 분주했다. 아내는 평소와 조금도 다를 것
없이 내 옆에서 묵묵히 피카츄 그림을 오리고 있었다. 이 일이
어떻게 흘러갈지 그가 내게 조금이라도 귀띔해주었다면,
나는 조금이라도 덜 실망할 수 있었을까.

　고작 몇 주 흘렀을 뿐인데 '포켓몬 고'는 좀처럼 사람들
입에 오르내리질 않게 되었다. 불과 얼마 전까지만 해도
시내를 걷다 보면, 관광객으로 보이는 몇몇 사람들이 귀여운
괴물을 채집하기 위해 스마트폰을 허공에 마구 휘젓는
광경을 목격할 수 있었는데, 그런 행동조차

'포켓몬 고구나'하고 인식될 정도로 그것은 속초 풍경에
일부처럼 녹아들어 있었는데, 이젠 그런 사람들조차
보기 드물다. 여름이 가고 낮이 짧아지면서 속초 또한 예년의
한갓진 가을 차림으로 되돌아왔다.

　아, 이벤트 성과가 어땠냐고?

　당연하게도 기대했던 만큼의 손님은 없었고, 이벤트는
처량하게 막을 내렸다. 연극이 끝나고 난 뒤 미련을 버리지
못한 건 오직 나뿐이었는지, 아담한 문고본 책들을 몇 권
모아서 '포켓문고'라고 이름 붙여 진열했다.

마지막 책

인생이 농담을 하면 우리는 책을 산다

원하던 목표 금액이 있었는데 간발의 차이로 아깝게
달성하지 못할 때면 나는 비장의 무기를 쓴다. 나 혼자 이름
붙이길

마지막 책은 우리가.

그렇다. 마지막 책은 우리가 구매해서 목표 매출에
도달하면 된다. 오늘은 채 만 원이 되지 않는 금액이 모자라
목표 매출에 도달하지 못했다. 그리하여 아내와 나는 저
비장의 무기를 쓰기로 했다.

다른 서점원들은 어떨지 모르겠지만 우린 책 고르는 일에
정말로 능숙하지 못하다. 우리 발걸음은 처음엔 자신 있게
성큼성큼 걸어가지만, 서가가 가까워짐에 따라 서서히

머뭇거린다. 소설 쪽을 생각 없이 둘러보다가 아내의 행방이 묘연해 고개를 돌려보았다. 저 멀리 반대편 서가 사이를 배회하는 아내가 마치 서점이 낯선 어린 아이 같다. 그 역시 나처럼 책을 고르지 못해 방황하고 있는 듯하다. 내 모습도 아내에게 그렇게 보였을지 궁금했다.

매일 신간이 입고되고, 대체로 '판매량'이라는 냉혹한 논리에 따라 속수무책으로 어떤 책들은 자기 자리를 내어주고 서점을 떠나야 한다. 그렇게 신간을 서가에 새로 꽂고, 꽂혀 있던 책의 자리를 조금 옮기고, 때로는 아예 책의 배치를 바꾸며 내 손을 거쳐 가는 수없이 많은 책.

읽어보고 싶었던 책들은 수두룩하기만 했는데, 이런 절호의 순간만 되면 결정 장애라는 오래된 습관이 이때구나 하고 고개를 내민다. 별것도 아닌, 그저 목표 매출액을 맞추기 위해 책 한 권 고르자는 것인데 이토록 심각해지는 우리 모습에 공연히 짠하다.

때때로 나는 얼마나 서점에 가고 싶었는가.

서점에서 얼마나 책을 사고 싶었는가.

서점 사람이면 매일 원하는 책을 마음껏 볼 수 있을 텐데 대체 무슨 소리냐며, 틀림없이 어처구니없어할 테지만, 이것이 우리의 실제 모습이다.

우리는 언제나 서점에 가고 싶다.

서점에서 책을 고르고, 책을 사고 싶다.

이 시집은 전부터 읽고 싶었는데, 어쩐지 오늘은 시를 읽고 싶지 않아.

그러고 보니 좋아하던 작가의 새 소설이 나왔다지.

하지만 새 소설의 제목도 내용도 영 읽고 싶지 않은걸.

초기 작품이라는데 괜히 실망하게 되는 건 아닐까.

참, 이 책은 꼭 읽고 싶었지. 내가 존경하는 학자의 추천사가 표지에 환하게 새겨져 있네.

그런데 웬걸, 재고가 한 권밖에 없다. 왠지 운이 나쁘게 내일 오전에 손님이 찾을 것만 같아.

반면 이 책은 읽고 싶었던 책은 맞는데, 별다른 까닭도 없이 왠지 나중으로 미루고 싶어지고….

우리는 망설이고, 또 망설이고, 걱정이 너무 많고, 횡설수설하고 우왕좌왕한다. 이 순간만큼 우리는, 가장 까다로운 손님으로 둔갑한다.

아내는 전부터 읽고 싶어 하던 생물학 책을 고른다. 스티븐 제이 굴드의 《판다의 엄지》. 나는 소설책 한 권을 집었는데, 얼떨결에 그렇게 했다. 권여선 작가의 《안녕 주정뱅이》. 읽어야지 하고 적어뒀던 소설도 아니었다. 게다가 권여선 작가의 소설은 한 번도 읽어본 적 없었다. 《안녕 주정뱅이》가 워낙 많이 팔려서, 그냥 그 이유랄까, 비결이 궁금했던 걸까.

아니면 그저 술을 마시고 싶었던 걸까. 띠지에 이렇게 적혀 있다.

인생이 농담을 하면 우리는 술을 마신다.

별다른 이유도 없이 괜스레 서로 고른 책들을 보고 헛웃음이 난다. 장르도, 제목도, 표지도, 닮은 구석이 한 군데도 없는 책들. 아무도 없는 계산대에서 우린 계산을 하고, 책을 가방에 넣고, 불을 껐다.

결국, 마지막 책은 우리가 샀다. 딴에 목표 매출에 도달했다며 뿌듯한 기분을 만끽했다. 불 꺼진 서점, 캄캄한 고요 속에서 아내가 오늘은 치킨을 먹자고 말한다. 나는 신이 나서 그만 사들인 책이 든 가방을 앞뒤로 흔들었다.

인생이 농담을 하면 우리는 책을 산다.

속초에서의 겨울

우리는 사랑에 빠졌다

여전히 종이책을 읽는 고마운 분들에 대한 예우를 갖추듯
나는 여전히 종이로 된 신문을 읽는다. 물론 나날이 배달되는
신문 중 상당수는 곧장 재활용지 더미 속으로 직행하기
일쑤였지만 주말마다 연재되는 책 소개 섹션만큼은 빼먹지
않고 살펴보는 습관을 들였다. 책과 온라인 서점과의
이해관계에 의구심이 들었고, 다른 무엇보다도 책을
집어내는 날카로운 안목과 칭송할 만한 미문으로
나의 '즐겨찾기'가 된 책 전문 기자분들의 글을 탐독하기
위해서였다. 순전히 책에 관한 호기심 때문이라기보다는
신간 주문할 때 미처 몰랐던 책들까지 가늘고 잘게 챙기자는
각오이기도 했다.

주말 자 신문의 저 책 소개란에 난데없이 '속초'라는
단어가 눈에 띄었다.《속초에서의 겨울》. 속초라는 지역
고유명사를 제목에 달고 출간되는 책이야 어지간히 있을
법도 하다. 하다못해 저자가 속초 시민 혹은 출신이라든가,
책에서 다루는 이야기의 배경이 속초 언저리에 발을 걸치고
있다든가 하는 등의 일 또한 가능하리라. 하지만 그 제목이
지칭하는 바가 다소 두루뭉술했을 뿐더러 어쩐 일인지
제목 아래에 웬 서양인으로 보이는 여성이 정면을 바라보고
있는 게 아닌가. '속초에서의 겨울'이라니, 날씨를 다룬
책인가 싶었다.

더욱이 놀라운 건 책에 관한 기사가 일간지 책 소개 코너에
커다랗게, 무심코 지나칠 수 없을 정도로 한가운데에
자리하고 있는 것이었다. '속초'라는 낱말로 인한 반가움
이전에 나는 적잖이 당혹스러운 마음으로 기사를 읽어
내려갔다.

《속초에서의 겨울》은 소설이었다. 다만, 고개를
갸우뚱하게 하는 점이 있었으니, 바로 한국어로 쓰인 소설이
아니라는 것. 제목에는 '속초'라고 버젓이 적혀 있는데,
한국어가 아닌 프랑스어로 쓰인 소설이었다. 물론
프랑스인이 집필한 소설이었다.

반대의 경우를 떠올려보았다.《파리의 사생활》

《프로방스에서의 완전한 휴식》《알자스》등 한국인이
프랑스 지명을 제목의 일부로 삼아 쓴 책들. 주저할 것도
없이 매끄럽게 읽히는 이 제목들이, 왜 반대의 경우에서만
저리도 멋쩍었을까.

이 또한 '나'라는 족속이 서양 옥시덴탈리즘의 한낱 은밀한
추종자였음을 자처하는 것이라고 해도 반박할 수 없지만,
프랑스 소설 제목에 '서울'도 '부산'도 아닌 '속초'라고 적혀
있다는 사실이 여간 겸연쩍은 게 아니었다.

소설의 내용은 다음과 같다. 유럽에 한 번도 가본 적 없는
혼혈의 젊은 여인이 속초에 살고 있다. 고향 노르망디에서
떠나 멀리 영감을 찾아 속초에 도달한 프랑스인 만화가가
있다. 그 둘은 사랑에 빠진다.

어디에서?

속초에서.

그러나 소설은 속초를 단순히 연인의 배경으로 삼는 데
그치는 게 아니라, 속초라는 도시 특유의 '정서'를 이야기
전반에 흩뿌려놓는다. 다른 누구도 아닌 속초 시민으로서
느낀바, 이 소설은 속초의 낯익은 몇몇 공간을 허구의 이야기
속에서 훔쳐보는 은밀한 매력도 강력하지만, 이방인으로서,
즉 제삼자의 눈으로 걸러진 속초의 풍경이 흑백사진처럼
담담히 묘사되고 있다는 점이 특히 매혹적이다. 나를 비롯한

속초 사람에게, 이런 종류의 이벤트는 당최 흔치 않다.
저자는 속초를 얼마나 알고 있을지 궁금했다.

그에게 속초는 가상의 공간이었을까?

여행 중에 들러본 도시였을까?

수차례 머물렀던 탓에 눈을 감고도 자기 방을 그리듯이
구석구석 복기해낼 수 있었을까?

일말의 물러섬도 없이 '속초'를 제목에 걸고 나온 이 소설이
애타게 기다려졌다. 나는 총판에 책을 과감히 스무 권
주문했다.

속초 바다 위를 노니는 갈매기가 그려진, 아담한 크기의
《속초에서의 겨울》이 속초에 도착하자마자, 아니나 다를까
책을 찾는 속초인들의 전화와 방문이 쇄도했다. 책을 세심히
읽어보고 나서 진열의 가닥을 잡아야겠다고 세웠던
내 계획은 속수무책으로 무너졌다. 책을 펴고 채 열 장을
넘겨보기 무섭게 속초 손님들이 책을 구매해 갔다. 그러던 중,
대뜸 내 머릿속에 울려 퍼진 경적 소리 하나.

이 책이 속초에서만이라도 베스트셀러가 될 수 있을까?

나는 즉시 출판사로 전화를 걸었다. 어떻게 해야겠다는
구체적이고도 치밀한 계획일랑 없이, 무턱대고 전화부터
걸었다. 대표님에게 인사를 드리고, 자초지종을 설명했다.

이 책을 필두로 하여, '속초'를 주제로 한 기획전을 만들고

싶습니다.

　내 기억에 대표님은 다소 어리둥절해하는 것 같았다. 그도 그럴 것이, 속초의 웬 듣도 보도 못한 서점 하나가 대책 없이 원대한 포부를 밝히듯 도움을 요청했으니 말이다. 고맙게도 그는 《속초에서의 겨울》 표지에 쓰인 이미지와 속초 지도를 우리 서점에서 자유롭게 사용할 수 있도록 허락해주었다.

　우리는 출판사로부터 받은 이미지를 사용하여 《속초에서의 겨울》 전을 마련했다. 속초 출신 저자들의 책, 속초에서 활동 중이거나 거주 중인 저자들의 책, '속초'가 언급된 책 등을 여기저기서 찾아내어 한곳에 모아두었다. 그 와중에 《속초에서의 겨울》은 매달 자체 집계하는 우리 서점 베스트셀러에서 《설민석의 조선왕조실록》과 한 권 차이로 2위를 했다.

　보름 후에 저자가 속초에 방문한다고 출판사 대표님께서 내게 귀띔해주었다. 속초시 측에서 저자를 섭외하여 속초 시민과 함께하는 북토크, 사인회 등을 준비하고 있다고 했다. 고맙게도 출판사 '북레시피' 대표와 저자 엘리자 수아 뒤사팽은 속초를 떠나기 전에, 잠시나마 우리 서점에 들를 예정이란다. 나는 늘 그렇듯이 당장에 기쁜 마음에 복받쳐 별다른 고민 없이 대환영의 메시지를 그들에게 전했다.

　하지만 전화를 끊고 보니, 그들이 만일 서점에 온다면 내가

과연 그들에게 뭘 해줄 수 있을지, 그들과 무슨 이야기를
나눌 수 있을지 당최 감이 잡히질 않는 것이었다. 속초의 어느
'서점 사람'으로서의 나의 프로필이 적힌 심상하기만 한
흰 명함을 만지작거리며 얼굴을 붉히고 만다. 그들이
오기까지는 아직 보름이나 남았는데, 공연히 저 멀리 진열된
《속초에서의 겨울》에게 다가가 흐트러진 데는 없는지 안부를
묻는다.

이 책의 출간일은 11월 30일.

내가 태어난 날이다.

아버지와 서점
나의 작은 손등과 빛바랜 책

처음 아버지로부터 서점 일을 맡아보겠느냐는 제안을
받았을 때, 이렇다 할 고민이나 절박한 다짐도 없이 속초에
왔다. 구 년 만이었다. 그러니까 나는 구 년 동안, 살가웠던
부모님의 테두리에서 벗어나 서울이라는 낯선 도시에서
난생처음 홀로 지냈다. 서투르기만 했던 도시 생활에 더는
이질감을 느끼지 않게 되었을 무렵, 나는 뼛속까지
개인주의자가 되어 있었다. 어머니와 아버지가 기억하던,
머리칼에서 땀 냄새를 풍기며 매 순간 싱글벙글 뛰어다니던
남자아이는 온데간데없었다. 대신 매사에 지쳐 있다는 듯한
표정과 신경질적인 말투의 사내 한 명이 그들 곁으로
돌아왔다.

아들은 돌아온 직후부터 아버지를 달달 볶아댔다.

아버지가 신문을 펴고 앉아 찬찬히 읽으려고 채비를 할 때면 나는 쏘아붙였다.

지금 할 일이 쌓여 있는데 여유 있게 신문 읽고 계실 땐가요?

아버지가 손님을 앞에 둔 채 엉겁결에 주머니에 손을 넣고 있으면 단호하게 호통쳤다.

손 빼세요.

오후 한가운데에서 쏟아지는 졸음에 못겨워 꾸벅꾸벅 고개를 떨어뜨리면 냉정하게 말했다.

여기서 이러지 말고 안에 들어가서 주무세요.

나의 잔소리는 끝이 보이질 않았고, 차가운 말들은 처마의 고드름처럼 뾰족하게 얼어붙었다가 여차하면 아버지 가슴 속으로 사정없이 돌진했다. 이러한 사정을 푸념처럼 친구에게 늘어놓자, 친구가 말했다.

그게 바로 아버지와 아들의 관계다.

나는 친구의 말에 동의하지 않았다.

한 번은 옛 아버지의 서점 문틈에 손이 끼인 적이 있었다. 나는 일곱 살이었다. 진귀한 무언가라도 발견했는지 문이 열려 있던 동안에, 문 끝자락에 벌어진 틈 사이로 나는 무심결에 손을 뻗어 집어넣었다. 아버지는 내 손이 문틈 사이에 있는 줄 미처 모른 채, 출판사 영업 사원을 배웅하고 그만 문을 닫았다. 문이 닫히는 순간 작은 손은 영락없이 좁아진 틈 사이에 끼었고, 나는 목이 찢어지도록 고함을 질렀다. 아버지는 화들짝 놀라서, 이미 울음을 한껏 터뜨린 나를 달래며 어떻게든 손을 써보려고 했지만, 일이 좀처럼 쉽지 않았다. 문을 다시 열어 틈을 벌리려고 하면 그 잠깐 내 손은 더욱 힘껏 압박되어 마치 작은 손등이 부서질 것 같았기 때문이다. 아버지는 금세 울상이 되어 어쩔 줄 몰라했다. 당시 서점 직원 여럿이 투입되어, 나는 장장 몇십 분의 고전 끝에 가까스로 구조되었다.

나는 문을 닫아버린 아버지를 원망했다. 아버지는 문에 끼인 자국이 선연한 나의 작은 손등을 어루만지며, 나를 품에 안고 하염없이 미안하다는 말을 반복했다. 그는 자그맣게 눈물을 머금은 채로 나를 다독였다. 그 품 안에서 비로소 안도감을 느낀 나는 더욱 세차게 울음을 터뜨렸다.

얼마 전 손님 한 분이 책을 주문했다. 수량이 열댓 권이 될 정도로 많았고 급한 용무임을 미리 내게 일러줬던 까닭에, 아무래도 전화로 알려줘야지 싶었다. 전화를 받은 손님이 말했다.

책 수량이 그만큼 없다는 얘길 듣고 세 권만 사왔어요. 다른 방법으로 책을 모두 구했으니 이제 괜찮아요.

나는 아니나 다를까 전화를 끊고 다짜고짜 아버지에게
쏘아붙였다.

책이 버젓이 있는데, 왜 책을 세 권만 팔으셨어요!

아버지는 영문을 모르겠다며, 저쪽에서 그냥 세 권만
달라길래 세 권 준 것뿐이라고 했다. 나는 그 말을 믿지
않았다. 나는 그만 한심하다는 눈빛으로 당신을 쳐다보고
말았다. 나는 해서는 안 될 행동을 했다.

그날 아버지는, 내가 없는 곳에 가서, 나 때문에 울었다.
그리고 그날 나는, 손이 문 사이에 있는 줄도 모르고 문을
닫아버린 아버지가 미웠던 아이를 기억해내지 못했다.
아버지는 그가 안아주었던 작은 아이 때문에 또다시 울었다.
이번엔 전혀 다른 이유였다. 그때 아버지는 흐느끼던 아이를
안아주었고, 아이는 그렇게 다시 일어서서 웃을 수 있었건만,
아이는 아버지를 안아주지 못했다. 나는 차라리 아버지가
그 일을 기억하지 못하길 바랐다.

서점을 새로 단장하고 막 이 년이 지났다. 돌아보면 매
순간이 달리는 차 창 넘어 풍경처럼 삽시에 지나가버렸지만,
그중에 몇몇 장면들은 유독 잊히질 않고 머릿속을 맴돈다.

아버지와 함께 책을 모두 솎아내어 텅 비어버린 옛 서점의
낡고 닳은 서가.

가져갈 책들을 마지막으로 챙겨 떠나는 차에서 두서없이

바라본 처연했던 아버지의 서점.

밤낮없이 수만 권의 책을 꽂으며 언제 끝나나 했는데,
어느 날 문득 책을 다 꽂아 울창해진 서가.

그때마다 왜 아버지 표정 한 번 바라볼 생각하지
못했을까?

그는 서글펐을까?

지나온 세월이 일순간에 텅 비어 헛헛했을까?

혹시 그 순간에도 그는 내 얼굴을 바라보며 미소 짓고
있었을까?

아버지와 함께 일하는 게, 아버지 일의 뒤를 잇는 게 어떤
것인지 궁금해하는 이들에게, 여기 나의 서점을 소개한다.

그곳엔 빛바랜 책이 아무렇게나 꽂혀 있고, 때로 음식
냄새가 고약하게 진동을 하며, 여차하면 불 꺼진 지하에
웬 손님 한 명이 갇혀 있을 때도 있다.

사진 한 장 남겨둘 예쁜 모습일랑 기대하지 않는 게 좋다.
설령 찾는 책이 있다고 한들 분류가 엉망이라 웬만해선 찾기
어려우니, 시간을 넉넉히 낭비할 마음을 먹고 방문하시는 게
좋다.

물론 새하얀 먼지가 책 위에 수북이 쌓여있을 테고,
그 먼지만큼이나 머리칼이 새하얀 웬 할아버지가 고개를
숙이고 졸고 있을지도 모른다.

하지만 너무 놀라지 마시기를.

그저 졸고 있을 뿐이니까.

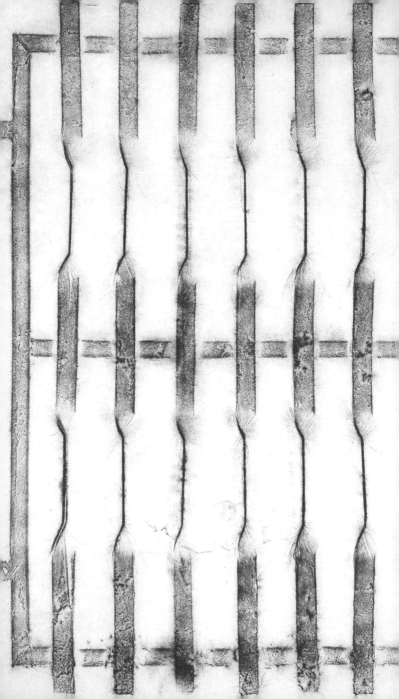

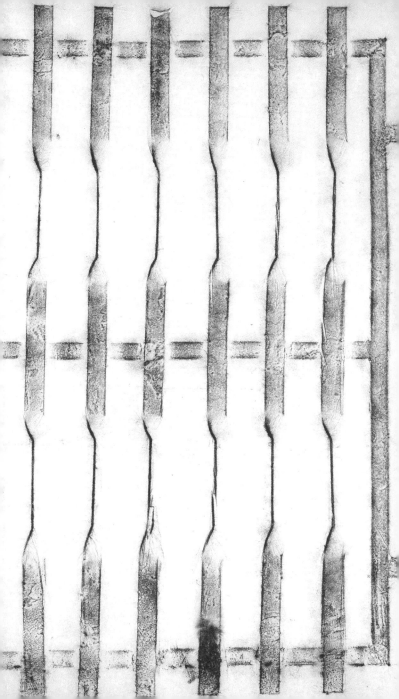

앞으로도 부디

아버지, 저는 이 책에서 서점과 그 둘레에 관해 이야기하려고
했습니다. 그 못지않게 저는 아버지 이야기도 했습니다.
이러한 연유로, 만일 당신께서 이 책을 읽게 되신다면 다소
민망할 수도 있을 것입니다. 몇몇 부분에선 당신이 알고 계신
사실과 다르다며 이내 못마땅하실지도 모르겠습니다. 그런
생각에 당신께서 이 책을 샅샅이 읽어 내려가는 게 과연 좋은
일인지 나쁜 일인지 쉽게 가늠되질 않습니다.

  글의 매무새를 다듬는 동안, 제가 언제부터 당신에게
지금처럼 까슬하게 굴었는지 헤아려 보았습니다.
저의 '까칠의 역사'란 당연하게도 제가 서점에 합류하는
시점과 비슷하다고 여겼지만 그렇지 않더군요. 정확히

언제부터였는지는 기억나질 않습니다. 오 년, 넉넉히 십 년 전부터였을까요? 제 나름의 주관이 확고해진 이후 저는 당신을 설득하거나 당신에게 설교하려 들었고, 그게 잘 안 될 때면 당신을 으레 '기성세대' 취급하며 고개를 절레절레 흔들곤 하였습니다. 제사에서부터 정치까지, 밥 먹을 때 습관에서부터 무심코 내뱉는 말버릇에까지, 우리의 견해차는 제정祭政을 막론하고, 일상과 무의식의 경계를 넘나들며 도무지 사그라질 기미가 보이지 않았습니다.

　물론 당신과 저의 관계가 줄곧 빳빳했던 것만은 아니었습니다. 당신은 아들을 둔 아버지의 전형적인 모습과는 달리, 늘 제게 다정했고 너그러웠습니다. 그래서였는지 저는 유독 당신에게 혼났을 때면 고약하게 토라져 입을 꾹 다문 채로 일주일을 다 흘려보내곤 했습니다. 그러다 당신이 저를 품에 가득 안고 등을 쓰다듬어줄 때 그제야 저는 힘껏 울음을 터뜨리며 얼었던 마음을 녹일 수 있었습니다. 때로는 그 다정함마저 당신 특유의 안일한 온정주의에서 비롯된 것이라고 짐작했던 어린 날의 저 자신이, 지금 돌이켜 보면 그저 끔찍할 뿐입니다. 당신의 저 끈질긴 다정함과는 판이하게, 도리어 저는 날이 갈수록 무턱대고 되바라지게 행동해 왔습니다. 누구에게나 베푸는 그럴듯한 따뜻함이 아니라, 오직 견고한 의지와 누그러지지 않는 사랑만이 한결같은 다정함을 자아낼 수 있음을, 이제 저도 조금은 알 것 같습니다.

아버지. 서점을 새로 가꾼 후에 당신과 함께 일하며, 때로는 깨끗하고 반짝이는 서점 안에 서 있는 당신을 보며 어색해하기도 했습니다. 솔직히 말씀드리면, 그럴 때마다 저는 당신과 우리 서점 사이에 건널 수 없는 강이, 메울 수 없는 커다란 간극이 있는 것만 같다고 느꼈습니다.

어느 날 당신이 주섬주섬 돋보기를 꺼내 쓰면서, 손님에게 회원가입하시겠냐고 묻고 나서는, 오직 검지만을 사용해 컴퓨터 자판을 두드렸을 때, 제가 느낀 저 간극은 더 벌어져만 갔습니다. 부끄럽게도 저는 정말 그렇게 생각했습니다. 당신의 서점과 그 안에 짙게 고인 세월을 등에 짊어지고 제가 바라본 것이라곤 고작, 다가오는 세월 앞에 선 당신의 묵묵한 헌신에 대한 계면쩍음에 불과했습니다.

얼마 전 온라인에서 여행자들의 서점 방문기를 읽다가, 우연히 어떤 분이 쓴 후기를 읽게 되었습니다.

머리가 새하얀 할아버지가 카운터를 보고 계셨다.

그는 어떤 의미로 저 문장을 썼을까요? 그저 낯설었다는 뜻인지, 그럼에도 정감 있었다는 뜻인지, 저 문장만으로는 도통 모르겠습니다. 다만 한 가지 새삼스러운 사실을 깨닫게 되었습니다. 바로, 아버지가 새하얀 머리칼의 할아버지라는 사실을요. 머리가 새하얀 할아버지가 되도록, 당신은 저와 서점을 지켜주었고, 이젠 제가 당신과 서점을 지켜줄 차례라는 사실을요.

오직 서점에 관해서만 쓰고자 했는데, 어느 순간 저도 모르게 당신에 대해 쓰고 있는 저 자신과 마주할 수밖에 없었기에 당신께 이 두서없는 편지를 남깁니다. '서점'이라는 세월 앞에 강을 건너고, 간극을 넘어서야 하는 사람은 아버지가 아니라 바로 저인지도 모르겠습니다. 당신이라는 배를 타야만, 당신의 존재를 제 몸에 지녀야만 그 간극을 넘어 비로소 서점에 다다를 수 있음을, 이렇게 뒤늦게라도 깨닫게 되어 다행입니다.

곧 태어날 제 자식도 저를 보며 비슷한 생각을 할까요? 그런 생각을 하니 마음 한편이 여간 뒤숭숭해지는 게 아닙니다.

아버지.

앞으로도 부디 오랫동안 서점에 계셔 주세요.

오래오래 제 곁에 있어 주세요.

지은이 **김영건**은 강원도 속초에 있는 작은 동네서점에서 태어났다. 1990년대 서점 호황기의 끝자락을 서점 창고에서 친구들과 숨바꼭질하며 보냈고, 2000년대 이후 서점 불황기에는 서점 바깥에서 영화를 보거나 음악을 들으며 보냈다. 서점이야 어떻게 되든 상관없는 삶을 살았다. 대학에서 불어불문학을 전공했다. r 발음과《이방인》의 세계에서 읽고 떠돌고 헤맸다. 내 삶이 어느 요절한 불란서 시인의 삶처럼 굳세고 강렬하기를 소망했지만, 졸업 후 공연기획 비정규직 노동자로 일했다. 매일 보도자료를 썼고 포스터와 소책자를 만들었으며, 이따금 소책자 등을 서울에 있는 몇몇 독립서점에 배포하며 뿌듯해했다. 고향을 떠난 지 구 년 만에 속초에 돌아와 아버지의 서점을 잇고 있다. 1956년에 개점한 서점을 지금의 시간에 이식하고자 발버둥치지만, 녹슨 세월 앞에서 자주 고개를 떨군다. 다시 고개를 들면 수만 권의 책들이 일제히 나를 바라보고 있다. 육십일 년된 서점의 이 년차 서점 사람으로 주 육십오 시간을 서점에서 근무하고 있다.

그린이 **정희우**는 어릴 때 자주 이사를 다녀 고향이 없다. 살던 동네가 모두 내 고향이라고도 할 수 있다. 오래된 동네를 구경하는 걸 좋아한다. 거기서 내 옛 동네들의 모습을 겹쳐 보며 그곳에 새겨진 시간을 그림과 탁본으로 기록한다. 재개발 현수막이 붙은 아파트도 탁본으로 남긴다. 아파트도 누군가의 고향이었으니까. 과거의 흔적과 기억이 담긴 장소가 빠르게 사라지는 게 아쉬워 그것들을 종이에 옮긴다. 지금 나를 둘러싼 풍경은 곧 그리운 과거가 될 것이다. 그 현재를 소중히 여기며 바라본다.

당신에게 말을 건다

1판 1쇄 펴냄 2017년 2월 20일
1판 7쇄 펴냄 2022년 6월 17일

지은이 김영건
그린이 정희우
펴낸이 안지미

펴낸곳 (주)알마
출판등록 2006년 6월 22일 제2013-000266호
주소 04056 서울시 마포구 신촌로4길 5-13, 3층
전화 02.324.3800 판매 02.324.7863 편집
전송 02.324.1144

전자우편 alma@almabook.com
페이스북 /almabooks
트위터 @alma_books
인스타그램 alma_books

ISBN 979-11-5992-097-4 03810

알마는 아이쿱생협과 더불어 협동조합의 가치를 실천하는 출판사입니다.

이 책은 아리따 글꼴을 사용하여 디자인 되었습니다